© 2020 MOLETMOULIN JULIEN

Édition BoD – Books on Demand 12/14 rond-point des Champs Élysées 75008 Paris

Impression : BoD – Books on Demand Norderstedt Allemagne

ISBN 9782322201938

Dépôt légal : janvier 2020

Jules MOLETMOULIN

UN SÉDUISANT POURRI

ROMAN

Nous versons dans notre vie d'adulte
ce que nous avons appris des adultes
dans notre enfance.

Anita NAIR
Quand viennent les cyclones

On ne peut être intelligent qu'à l'intérieur
de ses propres limites.

Imre KERTESZ
Prix Nobel de littérature 2002

Pour reconnaître
que l'on n'est pas intelligent,
il faudrait l'être.

Georges BRASSENS

Dans un village perché des Alpes de Haute Provence, sur la terrasse d'un petit hôtel-restaurant d'où il y a une très belle vue, un homme d'un peu plus de soixante-dix ans est attablé devant un bock de bière, la boisson qu'il a l'habitude de prendre depuis de très nombreuses années parce qu'il a toujours considéré qu'elle est un emblème de virilité.

C'est Tanguy. Les cheveux longs, vaguement coiffés, très fournis en blancs, une longue écharpe mauve autour du cou.

Sa nième compagne vient de rompre, ou plutôt de le répudier. Ce verbe correspondant bien mieux à la réalité.

— Il m'est revenu aux oreilles que tu as proposé à mon amie Christine de faire l'amour avec elle.

— Mais non, mon petit cœur. Ce n'est absolument pas cela. On a mal interprété ce que j'ai dit. Je lui ai simplement proposé de coucher à la maison si un jour elle hésitait à rentrer chez elle le soir, après un repas prolongé et un peu trop arrosé. Tu vois bien que tu n'as aucun souci à te faire, ma bichette.

— Tu me rassures mon moineau ! Viens me faire un gros câlin.

Quelques temps après :

— Dis donc, tu n'es pas en relation discrète avec Christine ? On m'a dit t'avoir vu en sa compagnie. C'est curieux !

— Non, tu sais bien que tu n'as pas à douter de moi, ma douce. Est-ce que je ne t'ai jamais menti. Tu peux me faire confiance.

— Bon, mon oiseau, on a dû se méprendre. Mais que je ne t'y prenne pas !

— Tanguy, pensant qu'il s'agissait d'une simple publicité, j'ai ouvert une lettre d'un gîte rural de Normandie. J'ai été très surprise de voir que tu as retenu une chambre pour la semaine pendant laquelle je serai avec Régine et mes petits enfants en Lozère. C'est tout à fait étonnant.

— Non, c'est tout simple. Tu sais qu'en ce moment je suis un peu fatigué, un peu stressé et que j'ai besoin de repos, de me mettre au vert. C'est pour cela que j'ai choisi ce gîte. D'ailleurs tu as pu voir qu'il était parfait pour ce que je recherche.

— Et tu y vas seul, toi qui n'aimes pas du tout la solitude ?

— C'est vrai que je ne suis pas un solitaire. Mais, là, je sens que j'ai besoin de ce break pour me ressourcer, me reposer, me retrouver.

—Toujours tes blablas avec des grands mots à la mode. Tu te fiches du moi. Tu mens.

— Mais non, mais non. Je te certifie c'est la stricte vérité. Je te jure, croix de bois croix de fer, si je mens je vais en enfer.

— Arrête ton comportement d'ado. Tu mens, c'est évident. J'en ai marre. Ça suffit comme ça. Mes soupçons se trouvent confirmés. Tu pars avec Christine.

— Non, je t'assure, je ne pars pas avec elle.

— Je ne te crois absolument pas. De toutes façons, c'est terminé entre nous. Tu fiche le camp chez toi. Tu dégage toutes tes affaires et je passerai chez toi récupérer les miennes dans les plus brefs délais.

C'est après son séjour en Normandie avec Dorothée sa dernière conquête – sur ce point il n'avait pas menti, ce n'était pas avec Christine – qu'il est allé dans cet hôtel des Alpes de Haute Provence qu'il avait découvert avec ses parents quand il était enfant.

Ce fut un total fiasco avec Dorothé Il avait cru son charme irrésistible, comme d'habitude, et il a, avec son fort excès de confiance, commis quelques maladresses, en particulier dans l'exposé à peine croyable de tous ses exploits professionnels, alors qu'elle avait eu vent de certains échecs. Elle a profité de sa propension à vouloir se faire remarquer à son avantage pour déguster les bons repas qu'il offrait au restaurant.

À la fin du séjour, elle lui a dit : merci et adieu, tu n'es pas fiable.

Il laisse vagabonder ses pensées. Elles le ramènent le plus souvent des années en arrière. Ainsi, il se remémore plusieurs moments de sa vie.

À cette époque, la famille de Tanguy fréquentait beaucoup ses cousins de Troyes.

Parmi eux, Véronique, dix-sept ans et demi. Une très jolie blonde aux yeux bleus, les cheveux mi-longs encadrant un fin visage. Grande, élancée et un magnifique sourire à la fois des lèvres et du regard.

Comme à son habitude, Tanguy cherche à se faire remarquer par son bagout à la sonorité élevée et par un fort rire à gorge déployée accompagnant des astuces et des calembours convenus.

Véronique est rapidement en admiration et le regarde avec attention.

Sans tarder, il pousse son avantage et lui montre un peu de tendresse, surtout sous forme d'une attention soutenue.

Il l'emmène faire des ballades dans le Parc

Naturel Régional de la Forêt d'Orient où ils peuvent découvrir les trois lacs et les très nombreux étangs. C'est tout à fait romantique. Les premiers temps, ils apprécient les petites randonnées en VTT qui permettent à Tanguy de frimer devant Véronique. Puis ils passent aux promenades à pied. Ils bavardent de tout et de rien, ils rient fréquemment.

Souvent Tanguy a des réflexions vexantes à l'égard de Véronique.

— Tu n'as aucune endurance en VTT. Ton corsage et ton short ont des couleurs mal assorties.

— Tu es bien critique.

— Je cherche à t'améliorer. Ne te conduis pas comme une petite gamine.

—Trop aimable à toi !

Après quelques semaines, ils se tiennent par la main. Il leur arrive quelquefois d'évoquer l'avenir, une vie de famille, des enfants. Mais vaguement, sans trop insister.

Un dimanche, il la prend dans ses bras et la serre un peu contre lui un petit moment en faisant quelques petits bisous sur le visage.

Les sorties suivantes, il recommence. Assez vite il cherche à l'embrasser sur la bouche.

— Doucement mon cher, ça se mérite.

— Ok, mise à l'épreuve. Je patiente.

En rentrant à la maison, devant la famille réunie :

— Véronique a confondu un hêtre et un aulne. Elle a encore des progrès à faire. Connais-tu la différence entre un sapin et un épicéa ?

— Non.

— C'est pourtant tout simple, tout le monde sait ça ! Un sapin a les branches tournées vers le haut et l'épicéa les a tournées vers le bas.

— Eh bien, j'ai appris quelque chose de fondamental grâce à toi. Dit-elle, vexée, avec les yeux humides.

Au cours des promenades suivantes, il se montre à la fois protecteur et très prévenant. Si bien qu'elle se détend et se montre plutôt câline. Il en profite pour l'embrasser, et elle se laisse faire sans trop de réticences et finalement avec fougue, modérée tout de même.

Un jour, assis tous les deux au bord d'un lac, dans un endroit à l'abri des regards, Tanguy embrasse Véronique avec insistance, lui caressant les joues et les cheveux. Puis, tout à coup, il passe sa main sous son pullover, lui décroche rapidement son soutien-gorge et attrape un sein.

Véronique se dégage vivement et se lève

— Non. Je ne suis pas prête à ça.

— Comme tu veux. Rentrons.

On n'a plus jamais revu Tanguy à Troyes.

Il a d'abord prétendu qu'il avait trop à faire les week-ends. Puis, très rapidement, il n'a même plus cherché à donner de quelconques prétextes. Véronique a été énormément déçue. Sa souffrance a été au niveau des illusions qu'il avait semées, peut être avec cynisme.

Tanguy a trouvé un emploi de commercial dans une entreprise de distribution de fournitures de bureau.

Ça vient après des études pas vraiment brillantes et un peu chaotiques.

Le lycée a été difficile. Faute de réussite dans l'établissement proche du domicile, à cause d'un travail modéré, ses parents l'ont mis en pension dans ce qu'on appelait une boite à bac. L'acclimatation n'a pas été facile avec deux fugues terminées chez une tante. Le système étant plus favorable au travail scolaire, le baccalauréat a enfin été obtenu, après un redoublement.

Pour continuer, le choix s'est porté sur une école privée d'informatique. On y demandait un travail soutenu avec des projets à mener, selon les cas seul ou avec quelques condisciples. Le résultat final fut une sortie sans diplôme.

Mais pour un représentant de commerce ce n'est pas nécessaire. En revanche, il faut se donner à fond et pas en dilettante. Sinon, il est impossible de remplir les objectifs de commandes signées et à la fin de la période d'essai, en raison de résultats très insuffisants, le contrat n'a pas été poursuivi.

Il renonce à son sursis et part faire son service militaire. Il réussit à intégrer une école d'officiers de réserve. À la sortie, avec le grade d'aspirant, il est affecté au service de communication des armées.

Là, il est aux anges. D'abord, il boit du petit-lait quand on s'adresse à lui en l'appelant mon lieutenant. Ensuite, il est conquis par cette activité et se lance avec un grand enthousiasme dans les missions auxquelles il participe.

Si bien qu'à sa libération, il recherche un emploi dans la communication. Une occasion se présente et, grâce à un appui de la part d'un homme politique, il est recruté par un organisme semi-public dans le service communication qui se développait à ce moment-là.

À l'occasion d'une sortie en groupe au ski, Tanguy fait la connaissance de Nadine. Une mignonne blonde aux yeux verts, mince, à l'allure sportive. Elle est volontiers rieuse et d'un tempérament ouvert aux autres. C'est une fille cultivée, passionnée par la découverte de pays étrangers dans lesquels il y a des vestiges de civilisations anciennes. À tel point qu'elle a décidé de travailler dans une agence de voyages. Ils se revoient à l'occasion d'autres sorties de ski et sympathisent.

Tanguy, sous le charme, déploie très rapidement le grand jeu de la séduction. Fréquentes sorties au restaurant. Bien entendu, il règle l'addition après avoir choisi dans la carte des plats aux noms les plus ronflants possibles et un vin réputé, tout en prenant des allures de seigneur et un air béat.

Quand il passe la prendre chez elle, il ne manque pas d'arriver avec un bouquet de fleurs.

Il propose souvent des promenades en voiture à la découverte de villes françaises réputées pour leurs richesses touristiques. Cela leur permet de satisfaire lui son goût pour la conduite de voitures, et elle sa passion des voyages.

Au bout d'environ trois mois,

— Écoute, ma petite colombe, je t'aime beaucoup, je sens intensément que nous sommes faits l'un pour l'autre.

— Vrai, mon grand chéri, ça me fait vraiment très plaisir ce que tu me dis là. Moi aussi, je ressens la même impression. C'est merveilleux !

— Tu devrais venir t'installer chez moi.

— Pourquoi pas plutôt chez moi, mon petit loup. J'y ai mes habitudes et j'aime bien mon cadre de vie.

— Je comprends. Toutefois, je crois que ce sera mieux chez moi. Le loyer est moins élevé, nous ferons donc des économies. Et mon lit est nettement plus large et plus original. Tu verras, nous y serons comme des coqs en pâte.

— J'hésite. Et mes meubles ?

— Pas de problème. Nous pouvons les stocker dans

le grenier chez ma tante.

— Je vois que tu as tout prévu. Bon, je veux bien céder à ton insistance.

— Tu me fais plaisir. Tu ne le regretteras pas, ma chatte.

Leur vie est agréable. Ensemble ils font des voyages organisés par l'agence où travaille Nadine.

À PETRA, cette magnifique cité en JORDANIE, créée vers la fin du VIIIème siècle avant Jésus-Christ et ses nombreux bâtiments, dont les façades monumentales sont directement taillées dans la roche, ce qui en fait un ensemble à la fois majestueux et unique. Elle est passionnée par la visite guidée.

Des voyages aussi dans plusieurs villes européennes dans lesquelles Tanguy cible les endroits originaux et marrants, comme il dit.

En SYRIE, avec un circuit passant par DAMAS où ils découvrent la vieille ville, la grande mosquée, le palais AZEM, le musée national. À ALEP, visite de la citadelle et des souks. PALMYRE, avec ses ruines archéologiques, les séduits, surtout Nadine.

À MOSCOU, aussi, où il fredonne la chanson de Gilbert Bécaud, (paroles de Pierre Delanoë) Natha-
- lie : « la place rouge était vide Nathalie marchait de-

-vant moi. »

Mine de rien, Tanguy évite de partir les week-ends où il veut être à domicile pour suivre les grands prix de Formule 1 à la télévision.

C'est pour lui une véritable religion et une stricte obligation, même s'il ne fait jamais état de la priorité qu'il donne à cette passion.

Dans les moments où ils discutent en couple et en viennent à chercher à mieux se connaître, il parle souvent du divorce de ses parents.

— À la maison, les disputes étaient fréquentes entre mes parents. Souvent assez violentes, avec de grands coups de gueule. La vie devenait un enfer pour toute la famille.

— Ça ne devait pas être drôle d'être témoin de cela. Tu as dû souffrir, mon pauvre chéri.

— Oui, en effet, j'ai beaucoup souffert de cette ambiance.

— Du coup tu penses que ce genre de comportement est à éviter en présence d'enfants.

— Bien sûr. C'est évident.

Il s'intéresse aux voitures, surtout aux 4x4. Ces

automobiles dont on dit qu'elles représentent l'aventure et donnent à leurs propriétaires une image de baroudeur.

 Il en rêve, achète des magazines qu'il feuillette avec beaucoup d'attention, notamment quand il est aux toilettes. Finalement, il trouve un véhicule d'occasion qu'il achète. Il en est fier, au volant et, peut-être plus encore, quand il y monte ou en descend.

 Il s'inscrit à un club de 4x4 et participe à des sorties organisées par celui-ci auxquelles il traîne Nadine comme copilote.

— Parle-moi à nouveau de tes parents.
— Comme tu sais, ils ne s'entendaient pas beaucoup et se disputaient, souvent.
— Et alors !
— Papa a pris une maitresse. Une amie de Maman.
— Et il le lui a annoncé un beau jour, froidement ?
— Pas du tout. Alors qu'il partait en voyage professionnel, elle a découvert que sa valise contenait un chandail qu'elle n'avait jamais vu. Elle a réagi vivement, demandant d'où il sortait. À quoi il a répondu -du qu'il avait profité de soldes découvertes en passant

devant la boutique.

— Et elle l'a cru ?

— Pas vraiment. D'autant plus que ça ne correspondait pas à son caractère ni à son comportement habituel. Il n'achetait jamais aucun vêtement seul. Elle l'a donc surveillé et a découvert le pot aux roses. Je te laisse imaginer la réaction. Toujours est-il que Papa a décidé de quitter la maison pour s'installer avec sa compagne.

— Eh bien ! Dis donc ! Et, toi, que penses-tu de ce comportement ?

— Il me semble que mon père aurait dû être plus clair dès le début de sa liaison. En parler à ma mère et prendre sa décision plus tôt. Ou, tout du moins ne pas nier quand il a été pris la main dans le sac ou plutôt le pull dans la valise. Il est vrai que le dialogue entre eux était difficile.

— Donc, le cas échéant, c'est ce tu ferais. Tu avouerais ta liaison ?

— Oui, certainement Sans hésiter !

— Mon père est revenu vivre à la maison au bout de quelques mois. Avec sa compagne, ils avaient décidé, que c'était mieux pour leurs enfants. Mais l'ambiance s'est très vite révélée mauvaise, voire pire qu'avant. Il est donc reparti.

Les grands prix de Formule 1 et les sorties 4x4, ne sont pas les tasses de thé de Nadine. Ce genre de "sports" l'ennuie. Les gens qu'ils y rencontrent, volontiers hâbleurs, aux conversations quelques fois proches de celles du café du commerce, la désolent. Elle est plus portée vers des activités culturelles et ses amis sont d'un autre milieu.

Tanguy qui paraît marquer un intérêt enthousiaste quand elle l'amène voir des expositions de peinture ou au théâtre, se met à traîner les pieds. Ce type de loisirs ne l'intéresse pas du tout. Il a tendance à limiter ses activités culturelles à la lecture de quelques bandes dessinées et aux séries télévisées, américaines de préférence, devant lesquelles il passe très facilement des soirées entières.

— Je suis très surprise, chéri, que tu ne fréquentes plus ton père depuis des années.

— C'est pourtant tout simple, je ne lui pardonne pas d'être parti. Ma mère, bien sûr ne lui pardonne pas non plus. Elle récrimine régulièrement contre lui et n'arrête pas d'en dire du mal.

— Tu m'as dit, toi-même, que les disputes étaient fréquentes et que c'était un enfer. T'es-tu posé la question de la responsabilité de chacun dans cette situation ?

— Non, pas vraiment. J'évite de penser à tout ça.

— La réaction de l'autruche, en somme. Une façon un tantinet lâche de se mettre à l'abri. Tu ne crois pas ?

— Si. Tu dois avoir raison, il y a de ça.

— Ils ne sont toujours pas divorcés, je crois.

— C'est bien le cas. Maman l'emmerde, selon ses propres termes qu'elle répète à qui veut bien l'entendre.

— Et sur le plan pécuniaire, prend-t-il ses responsabilités ?

— Oui. Tout à fait, à un très bon niveau.

— Dans une séparation, il y a le plus souvent des torts des deux côtés. Qui était le pire dans le déclenchement et l'intensité des disputes ? Ce n'est certainement pas aux enfants de répondre à cette question. Et, à la limite, pas à eux de prendre parti pour l'un ou pour l'autre. Tu devrais réfléchir à tout cela. Tu pourrais peut-être reprendre des relations avec ton père.

— Peut-être !

Nadine, qui rêvait d'un voyage en EGYPTE, finit par y partir seule compte tenu du manque d'envie de Tanguy. Elle lui ramène un petit souvenir qu'il possède encore.

Quelques semaines après :

— Tu as eu tort de ne pas faire ce voyage avec moi. C'était vraiment très intéressant. Le CAIRE est une ville à voir. Les pyramides m'ont un petit peu déçue. Peut-être parce que je m'en faisais une autre image. En revanche les temples et les tombes des pharaons sont magnifiques. D'autre part, les participants étaient, dans l'ensemble, fort sympathiques et l'ambiance très bonne.

— Tu sais bien que tout cela ne me passionne pas. Tu te souviens, d'autre part, qu'il y avait cette compétition de 4x4 que je ne voulais absolument pas manquer de même que le banquet qui suivait.

— Ce voyage à cette date-là, était, je te le rappelle, une excellente affaire qu'il aurait été fort dommage de manquer car il est très rare de trouver un tel prix. Ça m'aurait fait plaisir que tu fasses un effort pour partager quelque chose avec moi. Pour ma part, j'ai fait de réels efforts pour être souvent au club de 4x4 avec toi et j'ai sacrifié pas mal de dimanches. Tu aurais pu modérer un petit peu ton égocentrisme exacerbé et ne pas penser qu'à toi.

— Tu y vas fort, je ne suis pas du tout égoïste. J'ai fait aussi de gros efforts pour suivre tes goûts.

— C'était vrai dans ta période de séduction. Puis de moins en moins et jusqu'à pas beaucoup maintenant. Écoute, j'ai découvert qui tu étais vraiment après la période de parade, même si quelques fois tu recommences à faire la roue tel le paon Un très grand égoïste qui a été un enfant gâté par ses tantes. Dès que j'ai trouvé un appartement, je déménage. Et ça ne saurait tarder.

— Tu te trompes ! Je sais bien que je suis un type sympa.

— Superficiellement, oui. Quand on gratte un peu, le vernis saute. Et ce n'est vraiment pas beau dessous. Outre l'égocentrisme, on trouve un sens moral assez largement inexistant.

Il était de tradition dans la famille de la maman de Tanguy de passer le week-end chez ses parents dans leur grande maison, située dans un village, au milieu d'un vaste jardin.

Une famille nombreuse s'y réunissait.

Tanguy et sa sœur retrouvaient leurs nombreux cousins et cousines, leurs oncles et tantes. Deux des tantes et oncles n'avaient pas d'enfants. Ils avaient tendance à gâter leurs neveux et nièces.

L'aîné de la bande est Tanguy. À ce titre, il exerce une domination sans partage. D'autant plus qu'il n'admet pas volontiers qu'on puisse s'opposer à ce qu'il décide et que les adultes lui donnent, le plus souvent, raison a priori même quand ce n'est pas vraiment le cas. À tel point qu'un des cousins dira plus tard que s'il avait fait caca sur la table, personne n'aurait rien dit, sans le féliciter tout de même. Il garde un bon souvenir de ces week-ends. Ses cousins sont un peu plus réservés du fait de ce leadership qu'ils n'ont pas toujours bien vécu. Naturellement, le dimanche, la famille se retrouvait à la messe. Cela faisait partie de l'idée qu'ils avaient de leur rang social, estimant être des notables. La pratique religieuse était sans faille. Le comportement dans la vie n'était pas toujours en accord.

On s'arrangeait d'autant plus avec cette contradiction qu'on considérait comme faisant partie du dogme que Dieu étant amour pardonnait systématiquement les écarts de conduite. Et, du coup, pourquoi ne pas s'arranger, sans scrupule, avec sa conscience. Donc, tout, ou presque est faisable. Les gros péchés étant tout de même à éviter, le crime par exemple. La sœur de Tanguy, particulièrement pratiquante dans le cadre d'un courant charismatique, ira jusqu'à lui écrire, alors qu'il était en contradiction avec une position forte de l'église catholique, "tu as tort mais Dieu te pardonnera, ne t'inquiète pas".

Avec une telle formule, au final, tout est per-

-mis, toujours et en tous lieux. Conception un peu surprenante.

Depuis que Nathalie a rompu, Tanguy se retrouve seul. Il continue, bien évidemment, d'aller au club de 4x4. Il participe régulièrement aux sorties et aux compétitions locales. Il se sent à l'aise dans ce milieu où on trouve des personnes ayant pour préoccupation de frimer dans un esprit quelquefois un peu simpliste. Il achète des chapeaux un peu voyants et originaux, par exemple un chapeau de bushman australien. Il porte des montres tape à l'œil, du genre Rolex, d'un diamètre plutôt élevé. Comme il a les poignets relativement étroits, il a tendance à secouer très souvent le bras pour recaler la montre qui a une fâcheuse propension à glisser vers la main. Pratiquement un tic.

Au cours des repas, il attire l'attention sur lui en parlant fort et en racontant volontiers des blagues, de plus ou moins bon goût, assorties de rires sonores, voire tonitruants.

Il ne manque pas de bichonner sa voiture et d'acheter pour elle des gadgets et des produits divers, pas toujours utiles.

Il n'a pas d'autre activité de loisir.

Il lui arrive, quelques fois d'ébaucher des flirts.

Il invite des filles au restaurant. Pour faire la plus forte impression, il commande systématiquement un apéritif, souvent une coupe de champagne, des plats à la carte et de bons vins. Il offre des fleurs. Mais, cela n'est pas suffisant pour nouer une relation durable. Parfois elles sont même d'assez courte durée.

Le temps passé devant des feuilletons de télévision augmente. En complément, pour s'occuper, il traine devant des émissions qui ne l'intéressent pas vraiment.

Il installe la télévision dans sa chambre et prend ainsi l'habitude de la regarder depuis son lit.

Au bout de plusieurs mois, il finit par s'inquiéter de son futur en solitaire.

Il en arrive à se poser la question de savoir s'il parviendra un jour à rencontrer une fille avec laquelle il pourra envisager une vie à deux.

Après avoir tergiversé, il finit par se résigner à prendre contact avec une agence matrimoniale.

Il rédige donc, après beaucoup de temps, de mures réflexions et d'hésitations, le message suivant : « Homme 35 ans, bonne situation, souhaite rencontrer jeune femme pour sorties ensemble et plus si affinités. Dynamique, drôle, sportif, passionné de 4X4. Aime lire des BD et regarder des séries télévisées. Conçoit le mariage pour la vie entière avec une parfaite fidélité. Désire des enfants auxquels il se dévouera ».

En début d'année civile, la Jeune Chambre économique a organisé, un samedi, une soirée à laquelle sont invités les cadres des entreprises de la ville.

Tanguy s'y rend.

À la même table se trouvent des personnes de plusieurs entreprises, dont une jeune femme, mignonne, svelte, aux cheveux châtains. Très sociable, détendue, elle est vive et enjouée.

Elle se prénomme Clarisse.

Tanguy l'invite à danser. La réinvite plusieurs fois.

Ils bavardent facilement ensemble et ainsi commencent à faire un peu connaissance.

Avant de se quitter, ils échangent leurs numéros de téléphones.

Dès le lendemain soir, Tanguy appelle Clarisse.

— Bonsoir Clarisse. Comment vas-tu ? Es-tu bien remise de la soirée d'hier ?

— Bonsoir Tanguy. Ça va bien. Non seulement je suis bien remise mais je suis ravie de cette soirée. J'ai apprécié l'ambiance, notamment la musique.

— J'ai aussi, comme toi, bien aimé la musique. Elle était idéale pour danser et les danses avec toi ont été un réel plaisir.

— Oui. Ce fut vraiment un bien agréable moment que j'ai apprécié. Demain, reprise du travail !

— Eh oui ! Écoute, bon courage pour ce retour à l'ouvrage et bonne semaine.

— Pour toi aussi bonne semaine. Bonsoir.

— Bonsoir.

Trois jours plus tard.

— Hello, c'est Tanguy. Comment vas-tu ?

— Bien et toi ?

— Bien aussi. J'avais envie de bavarder un moment

avec toi. Savoir si tout se passe bien. Si le moral est bon.

— C'est gentil de ta part. Tout se passe comme à l'accoutumée. Le travail est intéressant dans une entreprise où il y a une bonne ambiance avec d'agréables collègues.

Et pour toi ?

— C'est un peu la même chose. En revanche, il y a pas mal de travail et, à la fin de la journée, je suis fatigué.

— Forcément, il y a de la fatigue au travail. Mais, elle se révèle moins quand on trouve de l'intérêt à ce qu'on fait.

— Tu as raison. De ce point de vue, c'est satisfaisant. Que fais-tu ce week-end ?

— Je pars avec des amis. Nous allons faire une balade surprise préparée par un membre de notre groupe. Le fait d'ignorer le programme à l'avance met du piment dans la sortie. C'est en général très bien dans la mesure où chacun cherche à faire de son mieux, à surprendre. Et toi ?

— Je n'ai rien de prévu véritablement. Mais, le club de 4x4 auquel j'appartiens organise une épreuve interne de conduite en terrain accidenté avec des passages dans lesquels la précision est requise. Je vais y participer. J'aime bien cette activité. Je te souhaite une bonne ballade. La météo annonce du beau temps. Au revoir.

— Bonne conduite sportive. Tu as mes forts encouragements pour un bon classement. Au revoir.

Dans la semaine suivante,
— Coucou, c'est Tanguy.
— Oui, Tanguy. Comment vas-tu et comment s'est passé ta compétition de 4x4 ?
— Bien, avec un temps très favorable et une chaude ambiance.
— Et tes résultats ?
— Bons ! Je suis dans les trois premiers au classement final.
— C'est bien en effet. Tu es premier ?
— Non. Troisième à cause d'un petit pépin mécanique pendant un des parcours, sinon, pas de doute, j'étais premier.
— Dommage pour cet incident. C'est quand même un bon résultat.
— Oui, je suis satisfait. Et ta ballade ?
— Merveilleuse. C'était en Auvergne, vraiment une

très belle région. Le circuit était très bien conçu. Nous avons vu de magnifiques paysages et de charmants villages avec, souvent, de remarquables églises romanes.

— Je suis ravi que cela t'ait plu. Mais ce n'est pas à côté.

— Certes, un peu loin. Nous sommes partis très tôt et rentrés assez tard, mais ça valait la peine. D'autre part, le choix de l'hôtel et des restaurants était fort judicieux. Un élément important de la réussite de ce petit voyage.

— Parfait. J'ai pensé que ce serait sympatique de se faire une soirée restaurant cette semaine. Qu'en penses-tu ?

— C'est une bonne idée. Vendredi serait bien.

— D'accord. J'organise ça et je te fais signe.

Vendredi soir, Tanguy passe prendre Clarisse au pied de chez elle et la conduit dans un restaurant réputé de la ville.

— Bonsoir, Messieurs, Dames.

— J'ai réservé pour deux personnes au nom de Tanguy.

— Oui, suivez-moi…Installez-vous. Je vous apporte

les cartes.

—Voici. Voulez-vous un apéritif ?

— Oui. Une coupe de champagne. Ça te va ?

— Oui, c'est très bien.

— Je vous apporte ça tout de suite.

— Merci. Je te propose de commander à partir de la carte. J'ai l'habitude de venir ici et je te conseille le foie gras, un tournedos Rossini et pour le dessert....

— J'ai vu qu'il y avait de la tarte Tatin, j'aime bien ça. Ok pour le début du repas.

— D'accord. Moi je prendrai un colonel en dessert. La vodka c'est sympa !

Au cours du repas,

— Clarisse, tu n'es pas de la région, d'où es-tu originaire ?

— Du Sud-Ouest, plus précisément de Dax, charmante ville thermale des Landes où sont traitées les affections rhumatismales et aussi les problèmes veineux.

— Ce n'est pas tout près d'ici. Et pourquoi as-tu atterri ici ?

— C'est tout simple ! Parce que j'ai trouvé un emploi, après une période de chômage. Cette situation de chômeuse me pesant beaucoup.

— Ça peut se comprendre. Bien que ce soit probablement très agréable de ne rien faire tout en étant payé.

— D'abord, ce n'est pas payé autant qu'un emploi et, surtout, ce n'est absolument pas ma conception de la vie. Est-ce la tienne ?

— Je te comprends tout à fait. Ce n'est pas non plus ma conception.

— Toi, tu es du coin ?

— Oui. Mes grands-parents maternels sont d'un village proche. Mon père vient de la région parisienne. As-tu des frères et sœurs ?

— Un frère et une sœur plus jeunes que moi. Ils sont, eux, dans les Landes. En fait, ils sont encore étudiants à Bordeaux et à Angers. Et toi ?

— Une sœur, ma cadette de quatre ans, installée dans le coin. Elle est mariée. Ils n'ont pas encore d'enfants.

Un moment passe, la conversation porte sur la qualité de la cuisine et sur l'actualité cinématographique. À un moment Tanguy change de conversation.

— Tes parents vivent ensemble ?

— Bien sûr, pourquoi cette question ?

— Parce que les miens sont séparés. Mon père est

parti avec une autre femme il y a quelques années. Il a demandé le divorce mais ma mère fait tout pour que ça traine au maximum. À la question de savoir pourquoi elle fait traîner, elle répond sans la moindre hésitation : pour l'emmerder.

— Ce n'est pas très gentil ni très malin de sa part. Si la situation dure depuis longtemps, elle ferait mieux de faire en sorte que leur statut soit conforme à la réalité et donc divorcer à l'amiable rapidement.

— Oui. Je pense que tu as raison. Mais elle en veut à mon père parce qu'il a attendu d'avoir trouvé une autre femme pour prendre la décision de la séparation. D'autre part, elle claironne, à qui veut l'entendre qu'il vaut mieux être veuve que divorcée.

— Soit. Ce tournedos est excellent.

Ils bavardent ainsi de choses et d'autres. Ils se racontent des anecdotes de leurs vies, plutôt des babioles que des faits intimes.

Dans la semaine, Tanguy fait en sorte de se trouver - par le plus grand hasard-, dit-il-, à proximité de l'entreprise dans laquelle travaille Clarisse. À sa sortie, il l'interpelle et l'invite à boire un verre dans un bar proche. Ils bavardent à bâtons rompus

À la fin de la semaine, le fameux hasard fait que Tanguy est là de nouveau, Il a eu la patience d'attendre que Clarisse sorte, sensiblement plus tard qu'à l'heure habituelle parce qu'elle avait un travail urgent à terminer. Il propose d'écluser un godet, comme il dit.

— Je suis sortie en retard à cause d'un coup de fil reçu tardivement, à la suite duquel, j'ai dû terminer un dossier urgent.

— Je comprends. Il peut y avoir des impératifs. Toutefois, il ne faut pas se laisser dévorer par le travail.

— Certes, mais j'ai le goût du travail bien fait et toujours le souci de respecter les délais. Pas toi ?

— Si, bien sûr, mais….

Nouveau week-end 4X4 pour Tanguy. Quand il retrouve Clarisse en fin de journée dans un bar, il monopolise assez largement la parole pour narrer ses exploits.

— La première épreuve consistait à suivre un parcours délimité au sol par de vieilles tuiles sur une cinquantaine de mètres. Il n'y a pas de visibilité directe sur la piste. Il faut donc repérer le chemin à pied au préalable et ensuite passer avec la voiture en évitant de casser des tuiles et, surtout, en ne sortant pas des limites.

— Ah oui, ça ne doit pas être facile.

— Ô que non ! Ensuite, c'était un franchissement d'obstacles sur un chemin présentant d'énormes ornières et des rochers. Il faut être particulièrement adroit car sinon on risque de se renverser.

—À ce point ! Ça peut donc être dangereux.

— Très dangereux, surtout si le véhicule n'est pas équipé de barres renforçant le toit.

— Tu en as ?

— Oui. Je suis très bien équipé et j'y veille.

— Certains se sont-ils renversés ?

— Non, aucun.

— Peut-être que ce n'était pas vraiment difficile.

— Si, je t'assure que ça l'était véritablement. Et enfin, il fallait traverser une mare, peu profonde mais avec une boue particulièrement glissante. C'est réellement compliqué de ne pas rester en rade.

— Eh bien ! Tu t'es bien amusé.

— Oui, d'autant plus que cette ambiance club et l'es--prit de compétition, même s'il n'y avait pas de classe-

-ment, sont très stimulantes. C'est plein d'adrénaline. Il faudrait que tu viennes pour te rendre compte. Et toi, ton week-end ?

— Calme. Je suis restée à la maison. J'en ai profité pour faire des grasses matinées. J'ai aussi passé un peu de temps à finir une proposition de réorganisation du service que j'avais commencée dans la semaine.

— Bon, je rentre à la maison. Il faut que je nettoie le 4x4...puis moi ensuite. Une bonne douche et une bonne série télé en cassette vidéo pour finir cet excellent week-end. À plus, je te ferai signe.

— Au revoir Tanguy.

La rencontre suivante, a lieu dans une auberge en bordure d'une belle forêt où ils se sont rendus en 4x4. Tanguy ne résiste pas au plaisir de frimer. L'établissement est très agréable avec un décor rustique, chic. La table est renommée.

La conversation prend un tour un peu personnel.

— Tu sais Clarisse, je t'avais parlé, il y a quelque temps du divorce de mes parents. C'est quelque chose qui m'a beaucoup marqué.

— Je m'en doute. Quel âge avais-tu à ce moment-là ?
— Dix-huit ans. Mais ce n'est pas moins dur.
— Probablement. Toutefois, j'imagine que c'est certainement plus traumatisant quand on est encore un enfant.
— C'est, en effet, peut-être plus difficile. Il n'empêche que j'ai beaucoup souffert de cette séparation. J'avais compris qu'elle semblait inéluctable puisque mes parents ne s'entendaient plus depuis déjà longtemps. Ma mère est très exigeante et ne pratique pas vraiment le dialogue. De plus, ses bonnes œuvres l'accaparaient. Aussi, mon père a fini par s'installer avec une femme qu'il fréquentait depuis pas mal de temps, une amie de ma mère.
— Oui, je me souviens parfaitement. Ça m'a l'air d'être assez classique. Tu n'es pas le seul à qui cela est arrivé, tant s'en faut par les temps qui courent.
— Certes, mais quand tu es concerné ce n'est pas la même chose.
— Dans un contexte semblable sais-tu quelle serait ta décision ?
— Je ferai le maximum pour éviter la rupture.
— Oui, mais encore. Ce n'est pas évident parce qu'il faut que les deux époux tirent dans le même sens. Or,

ça ne parait pas être le cas de ta mère.

— En tous les cas, l'indissolubilité du mariage est pour moi très importante. Je m'excuse de t'avoir parlé de ça.

— Ne t'excuse pas. Il est bon de parler de ces choses-là. Tous les psy le disent. Moi aussi, je conçois le mariage comme devant durer toute la vie…Cette auberge est vraiment très bien, le repas excellent, et le service impeccable. Nous ne nous attarderons pas car je commence à avoir un peu sommeil et demain matin il me faudra me lever tôt pour me rendre à l'entreprise.

— Pour ma part, je ne me sens pas tenu par des horaires stricts.

— Tu as bien de la chance de pouvoir faire ainsi. Cela dit, ça ne me paraît pas être une manière correcte de se comporter dans une équipe. Ce n'est pas du tout l'exemple que m'ont montré mes parents, scrupuleux à propos des horaires et citant volontiers le fameux dicton "l'exactitude est la politesse des rois".

À l'occasion d'une autre rencontre, Tanguy revient sur le divorce de ses parents,

— Je dois te dire que j'ai été terriblement marqué par

la séparation de mes parents. Entre eux, l'atmosphère était très tendue voire carrément invivable. Papa faisait assez souvent le dos rond mais avec des explosions de colère, parfois violentes verbalement. Maman le critiquait en permanence, même pour des broutilles. D'autre part, elle avait souvent tendance à négliger un peu la vie de famille en se rendant à de très nombreuses réunions. Il nous semblait que c'était pour éviter de se retrouver avec Papa.

— En effet, la situation que tu décris n'est probablement pas facile à vivre pour des enfants. Cela dit, pour ma part, je n'ai pas vécu une situation semblable. Mes parents ont toujours formé un couple aimant, parfaitement respectueux l'un de l'autre. Pour moi, je crois que c'est un modèle. D'autant plus qu'il faut que les parents aient, en permanence, le souci de l'intérêt des enfants. Après tout, ce sont les parents qui les ont mis au monde, ils ont donc des devoirs envers eux. Ça n'empêche pas, bien entendu, que les enfants ont également des devoirs envers leurs parents.

Tanguy paraît un peu surpris de ces considérations. Il fronce les sourcils.

— Tu parais étonné par ce que je te dis ? Ne partages-tu pas mon avis sur les devoirs des parents envers leurs enfants ?

— Si, je pense que tu as raison. Bien sûr !

— Par rapport aux problèmes de couple rencontrés par tes parents tels que tu les as décrits, que crois-tu qu'ils auraient dû faire ?

— L'idéal aurait été qu'ils fassent en sorte de ne pas en arriver à la situation de mésentente à laquelle ils sont parvenus.

— C'est évident ! Mais, bon, puisqu'ils en étaient là, que crois-tu qu'ils auraient-ils dû décider ?

— Peut-être, d'abord, essayer de mettre les choses à plat pour tenter de résoudre le conflit. Cela supposait, évidemment, que chacun fasse un effort ou plutôt des efforts et je ne crois pas que ma mère en avait envie. Dans ces conditions, je suis persuadé que Papa aurait dû tirer assez rapidement la conclusion que, puisque la vie de couple n'était plus possible, il lui fallait demander le divorce. D'autant plus que Maman était farouchement opposée au divorce. Elle disait très souvent : il vaut mieux être veuve que divorcée. C'est très probablement le résultat de l'éducation qu'elle a reçue dans un milieu très pratiquant.

— Oui, c'est en effet fort probable. Et, à ton avis, pourquoi a-t-il préféré rester dans cette situation ?

— Je suis persuadé qu'il a pensé qu'il aurait du mal à vivre seul et qu'il a préféré attendre. D'ailleurs, quand il a trouvé une femme avec laquelle il a pu s'installer, il n'a pas raté l'occasion. Cela, je le lui reproche vivement. Je considère qu'il aurait bien mieux fait de partir en raison de la mésentente de leur couple et après, et seulement après, il aurait pu mener sa vie comme il l'entendait.

— Tu as peut-être raison. J'avoue que je ne me suis jamais posée la question. En tous les cas, je pense qu'il est nettement préférable d'éviter d'en arriver là. Il vaut mieux qu'il y ait un dialogue dans le couple et du respect réciproque pour faciliter la résolution des difficultés et les surmonter. Mais, à défaut d'arriver à une solution, il faut alors organiser la séparation du mieux possible.

— Je suis tout à fait d'accord avec toi.

Tanguy invite une nouvelle fois Clarisse au restaurant un vendredi soir.

Il choisit un établissement avec deux étoiles au guide Michelin. Le cadre est merveilleux. La salle à manger, décorée avec beaucoup de recherche dans un style contemporain, donne, à travers de grandes baies vitrées, sur une jolie cascade entourée de grands sapins. Il passe commande des spécialités qui font la réputation de la maison et choisit une bouteille de champagne pour accompagner le repas.

Dès l'apéritif, il entre dans le vif du sujet.

— Ma chère Clarisse, j'ai quelque chose de vraiment important à te dire. Cela fait trois mois que nous nous fréquentons et je constate, avec un très grand plaisir, que notre entente est réellement forte. J'ai réfléchi. Il est temps que je te demande si tu veux devenir ma femme.

Clarisse, un peu surprise, ouvre de grands yeux, sourit largement, et, après un moment d'hésitation, répond :

— Je suis agréablement étonnée par cette demande. D'autant plus que je la trouve bien rapide. Trois mois, c'est bien court pour véritablement se connaitre. Le mariage est pour moi un engagement pour la vie qui ne peut pas se décider dans la précipitation. Il faut prendre du temps, suffisamment de temps pour se découvrir réciproquement. Il faut aller un peu au-delà de bavardages et avoir des échanges approfondis sur un certain nombre de sujets, non seulement relatifs à une vie de couple, mais aussi à propos des enfants à venir. Sans compter d'autres sujets qui ne me viennent pas immédiatement à l'esprit.

— Hum ! Tu as peut-être raison. Néanmoins, je te signale qu'il peut y avoir des mariages décidés rapidement qui durent. C'est le cas pour mes grands-parents qui se sont dit oui après deux mois seulement et sont toujours mariés depuis plus de 50 ans.

— Il y a des cas où ça marche, bien sûr. Mais beaucoup plus de cas de divorces. Cela incite à une certaine prudence. Pour ma part, je préfère un plus long temps de découverte.

Le repas se poursuit. Les plats sont vraiment délicieux et présentés avec une belle recherche artistique. Un vrai plaisir.

— Après la séparation de mes parents, ma mère nous a interdit de voir notre père et sa famille.

— Ça me parait très violent et probablement bien difficile à supporter. Rappelle-moi, quel âge avais-tu à cette époque ?

— Dix-huit ans.

— Et bien alors tu n'étais pas obligé d'obéir.

— Non. Mais ma sœur étant plus jeune, je ne me voyais pas faire autrement qu'elle.

— Je n'ai pas eu le réflexe de penser à ça. Mais, peut-être que ça t'arrangeait. En somme une petite forme de facilité, voire de lâcheté.

— Non, je ne crois pas. Je pense avoir bien fait.

— Maintenant, ta sœur est majeure et cela ne se présente plus de la même façon. Vois-tu ton père ?

— Non pas plus qu'avant. Nous sommes restés sur nos habitudes. D'autant plus facilement que depuis le départ de Papa, ma mère n'a jamais cessé de le critiquer avec une certaine virulence. Par ailleurs, je te rappelle que mon père a attendu d'être sûr de se recaser avant de quitter le domicile pour s'installer avec Mélanie et que je lui en veux énormément pour ça.

— Je n'avais pas oublié, ne t'inquiète pas, je ne perds pas encore complètement la mémoire. C'est sans doute une position qui mériterait d'être reconsidérée, avec le recul et un examen apaisé des attitudes de chacun.

— Hum ! Parlons un peu d'autre chose. Il y a une sortie 4x4, pas ce week-end mais le prochain. Est-ce-que ça te dirait de m'accompagner ?

— Pourquoi pas ? Ça a l'air de te faire plaisir. Comme ça, je verrai à quoi cela ressemble.

— Hello, Darling, c'est Tanguy. Et je t'appelle pour la journée 4x4 dont je t'ai parlé l'autre jour. Toujours d'ac pour venir avec moi.

— Bonjour Tanguy. Oui, je suis toujours d'accord pour voir un peu de quoi il s'agit.

— Chouette ! Je passe te prendre samedi à 7 heures 30. Le circuit proposé est à environ 90 kilomètres d'ici et le début des réjouissances à 9 heures.

— Ouf ! C'est tôt ! Enfin pas trop. Je serai prête.

— Parfait ! Prévois une tenue adaptée : jean, blouson, et chaussures type marche. Il ne faut pas trop craindre la boue.

— Bien chef !

Un peu songeuse, Clarisse se demande à quoi peut bien ressembler une journée dans un club de 4x4. Mais Tanguy lui a tellement parlé de sa passion pour cette activité qu'elle est presque impatiente d'être à samedi.

À l'heure convenue, la sonnette tinte et Tanguy se présente avec un joli bouquet de tulipes.

— Bonjour, tiens quelques fleurs pour décorer ton appartement. Il me semble que tu aimes bien les tulipes.

— Merci. Vraiment. C'est, en effet, une fleur que j'ai--me bien.

— Je suis ravi de pouvoir te faire découvrir les joies du 4x4. Tu vas voir, c'est extra !

Le déplacement se déroule dans un paysage agréable. Assez rapidement, la route passe à travers une belle forêt. Les feuilles des chênes et des hêtres ont le merveilleux vert tendre qui prévaut au printemps.

Le bavardage est aimablement décousu. Toutefois le sujet du jour revient régulièrement.

—Dis donc, ce n'est pas très commode de monter dans ton engin, des marchepieds ne seraient pas de trop.

—Il y en a posés en série à l'achat. Je les ai démontés parce que c'est incompatible avec l'utilisation tous terrains de cette voiture. Dans les passages difficiles, il pourrait arriver que le marchepied racle le sol ou un obstacle. Ceux qui les gardent sur leur véhicule sont des utilisateurs de 4x4 en zone urbaine. C'est à leur absence que l'on reconnait le vrai passionné.

—Ah, bon ! Il faut effectivement être expert pour savoir des choses pareilles. Il y a peut-être d'autres spécificités ?

— Oui, on en trouve d'autres qui, pour l'essentiel, consistent à monter des accessoires complémentaires.

— Ah ! Par exemple ?

— Il y en a pas mal. On peut citer, entre autres, des protections avant et arrière renforcées, une prise d'air surélevée pour les franchissements de cours d'eau, des grilles de protection des phares et des feux arrière, des galeries de toit avec échelle d'accès, des tubulures de renforcement intérieurs pour éviter l'écrasement en cas de tonneaux. C'est le plus souvent assez cher.

— C'est pour cela que tu t'es abstenu ?

— Oui, pour le moment. Sauf pour le renforcement de toit. Mais, je n'ai pas encore renoncé.

— Nous arrivons bientôt, il me semble.

Le point de rassemblement se trouve dans une clairière assez vaste.

Une dizaine de véhicules sont déjà arrivés. Les hommes sont majoritaires, mais il y a aussi plusieurs compagnes et quelques enfants. En revanche, pas d'équipage féminin.

L'accueil est très familier à grands coups de poignées de mains viriles, de claques dans le dos entre messieurs et de bises.

—Je vous présente Clarisse, une copine. Je l'ai invi-

-tée pour lui faire découvrir les grandes joies que procure notre passe-temps favori. Youpi, j'espère qu'elle sera bien convaincue. Ouais, ouais, ouais !!!

— Ne t'en fais pas ! Nous allons bien la convaincre. Tu nous connais.

— Yes les potes, la confiance règne.

— En attendant l'arrivée d'autres participants, approchez-vous du buffet.

— Merci. Va Clarisse.

Le "buffet" est un petit peu rustique comme il est normal dans ce type de circonstances : thermos de café et de chocolat au lait, viennoiseries.

— J'ai apporté quelques petites provisions, des muffins et des scones, et aussi des sachets de thé. De quoi mettre une touche britannique dans ce buffet. Sers-toi largement, Clarisse et venez, venez tous en profiter. Come !

L'animateur de la journée fait le traditionnel briefing. Il décrit l'itinéraire retenu d'une cinquantaine de kilomètres, en insistant sur les difficultés qui l'émaillent : montées, descentes et dévers, mais aussi les franchissements de ruisseau et le meilleur pour la fin : des croisements de ponts.

— Arrête, dit Tanguy. Là, il faut expliquer de quoi tu

parles. Laisse-moi faire. Un croisement de ponts, c'est, par exemple, quand la roue arrière droite est au fond d'un trou alors que la gauche est sur une petite bosse, et c'est l'inverse pour l'avant, la gauche repose sur un léger tas de terre alors que la droite ne touche presque plus le sol. Les deux ponts, pour faire simple, donc plus compréhensible, on peut dire les essieux, forment, vu de l'avant ou de l'arrière de la voiture, un X. Dans cette configuration, le plus souvent les roues patinent et le véhicule ne peut plus avancer. Pour s'en sortir, on utilise, en général, le blocage des différentiels. Mais, le mieux, peut-être, c'est d'éviter de se laisser coincer en pratiquant la technique miracle de l'élan. Tu vois, Clarisse, c'est finalement assez simple et je te ferai une démonstration le moment venu sur le passage qui présente ce risque.

— Bon. Tu as bien parlé.

Les chœurs d'entonner : il est vraiment sensationnel…etc. Et, Tanguy de se rengorger, sans retenue.

— Parfait, les amis, je termine, si vous voulez, bien mon exposé. Il y a donc au total neuf difficultés. La traditionnelle feuille de route reprend l'essentiel de ce que je vous ai dit. L'ordre de passage est celui dont nous sommes convenus. Il figure sur la feuille de route. Comme prévu, le repas sera pris en commun, en principe à 13 heures, dans la clairière, située après la quatrième épreuve. Un petit rappel, il est de bon ton de s'arrêter à chacun des obstacles pour voir passer les camarades. Rejoignez les véhicules et Go !

La collation est, comme à l'accoutumée dans le club, constituée par des repas sortis des sacs. Tanguy, avec son bob rouge vif sur la tête, se place au centre du groupe. Il observe les provisions déballées et fait des commentaires à très haute voix.

— Je vois par ici des amateurs de quiches lorraines, et là-bas des gens bien organisés avec leur panier piquenique contenant les couverts. Tiens, voilà une bouteille de rouge, hum ! Du Côtes du Rhône, ça ne vaut pas mon Château Margaux, qui n'en veut, qui n'en désire boire un verre ?

Quelques messieurs se laissent tenter.

— Au fait, dit Tanguy d'une voix très forte, j'ai une bonne blague. Qu'est-ce qu'un 4x4 qui a fait le plein ? Vous donnez votre langue au chat ? Eh bien, un pétrolier, bien sûr.

Réponse assortie d'un rire tonitruant.

— Quelle est la différence entre un enfant à la maternelle et un pilote du Dakar ?.Alors, alors ? J'attends...Personne ne répond. Je vais donc vous le dire : L'enfant joue dans du sable et on vient le chercher en 4x4 tandis que le pilote du Dakar va chercher son 4x4 pour aller jouer dans du sable.

— Celle-là est bien bonne, voire subtile. Bravo Tanguy, mais laisse-nous un peu au calme pour une fois.

— Ok, Jules. Mais, sache que j'en ai encore d'autres.

— Je n'en doute pas. Tu auras bien l'occasion de nous les sortir une autre fois.

Les véhicules repartent. À chacun des franchissements, Tanguy fait des commentaires sur la conduite d'autres conducteurs, ou sur ses propres "prouesses". Du style : tu n'es pas dans le coup, tu as besoin de t'entrainer, ou ce n'est pas trop mal, mais perfectible, ou, alors, vous avez vu, les gars, ma maestria, ah, ah, ah !

En somme, un comportement empreint d'un assez fort narcissisme.

Clarisse tord parfois le nez. Mais elle est quand même un peu épatée.

Profitant de quelques jours de congé, ils décident d'aller sur la Côte d'Azur pour jouir de la plage en avant saison.

Ils sont allongés au soleil pour une séance de bronzage quand un bourdonnement se fait entendre. Levant le regard vers le ciel, Clarisse voit un petit avion tirant une banderole. Elle n'y porte pas vraiment attention alors que Tanguy s'agite un peu et fixe le ciel. Nouveau coup d'œil de Clarisse qui aperçoit son prénom sur la banderole et lit alors le texte y figurant : « Clarisse veux-tu m'épouser ? T ».

Elle se tourne vers Tanguy qui affiche un très large sourire, manifestement extrêmement fier de lui.

Elle est totalement stupéfaite.

— Ça alors. Tu y vas fort. Quelle drôle de discrétion ! Je suis complètement sidérée !

— C'est une idée très originale, tu ne trouves pas ?

— Originale ? Ô que oui ! Mais aussi quelque peu démesurée…Je ne peux pas te répondre tellement je suis surprise. En tout état de cause, je te répète qu'il ne faut pas se précipiter pour prendre une telle décision…Si nous allions faire une petite balade dans l'arrière-pays. C'est toujours plein de charme, avec de pittoresques petits villages et de merveilleux points de vue sur la côte.

Ils rentrent enchantés de leur séjour.

Quelques mois plus tard, Clarisse donne son accord pour le mariage.

Leur vie en commun leur a permis de mieux se connaître et il lui a semblé que Tanguy était fiable.

D'autant plus que de nombreuses fois au cours de leurs échanges de vue sur le mariage, sa pérennité et les enfants, il a réaffirmé avec insistance qu'il s'engagerait pour la vie et que les enfants seraient l'objet de tous ses soins et même qu'ils auraient la priorité dans ses préoccupations.

Les fiançailles sont l'occasion d'un repas organisé, selon la tradition, chez la jeune fille, avec le recours à un traiteur. Les deux familles sont réunies, y compris les grands-parents de Tanguy des deux côtés.

Le mariage est alors préparé par les parents en accord avec les fiancés.

Le lieu est assez facilement trouvé après plusieurs visites. Il s'agit d'un petit château pas trop loin de la ville où ils résident tous les deux.

Comme bien souvent, la disponibilité du lieu entraîne le choix de la date. Celle-ci est suffisamment éloignée pour permettre une préparation dans la sérénité.

Les fiancés se rendent à un salon du mariage. Cela leur donne des idées pour organiser le mariage selon leurs goûts.

Le choix du traiteur n'a pas été facile dans la mesure où celui proposé par la famille de la fiancée a paru un peu cher à celle de Tanguy qui en a proposé un autre à peine moins onéreux. C'est ce dernier qui a finalement été retenu. Le résultat n'a pas été tout à fait à la hauteur voulue.

— Au sujet des robes pour les jeunes demoiselles d'honneur il y avait quelques hésitations. La future belle-mère de la fiancée en a fait l'achat sans demander l'accord de quiconque. Pour éviter une brouille, le choix a été entériné, non sans regret puisque c'était une grosse couleuvre à avaler.

Le jour du mariage il a fait beau temps. C'est le maire en personne, sollicité par un membre de la famille de Clarisse, a célébré le mariage civil. L'assistance à l'église était nombreuse. Le vin d'honneur a réuni une grande assistance et la soirée s'est bien déroulée. Un brunch a été organisé en fin de matinée le lendemain. Ce fut un mariage globalement bien réussi.

Ils habitaient depuis déjà plusieurs mois dans un appartement loué par Tanguy. Ce logement ayant été préféré à celui de Clarisse car le loyer était moins élevé et, probablement, parce que Tanguy trouvait plus agréable de rester dans ses meubles dont il était assez fier. À part le lit très original et large, il n'y avait cependant rien de bien extraordinaire.

Naturellement, ils ont souhaité acheter un logement.

Alors que Clarisse, ayant toujours vécu en appartement, avait une préférence pour ce type d'habitat, Tanguy a beaucoup insisté pour que le choix se porte plutôt sur une maison avec jardin.

— C'est plus agréable à vivre.

— Peut-être, mais il faut entretenir le jardin.

— Ne t'inquiète pas pour ça, je le ferai. D'ailleurs, j'aime le faire. Tu verras, pas de problème.

À la suite d'un changement de directeur, Tanguy qui le trouvait trop exigeant, en particulier sur les horaires, a pris de la disponibilité pour aller tenter sa chance ailleurs, dans une entreprise privée. Il a été recruté en CDD.

Après deux ans de mariage, un fils est né, Lucien. Comme à l'accoutumée, ce fut une grande joie pour le couple.

— Chérie, tu vois comme il est beau notre fils. Je trouve qu'il me ressemble.

— Oui, il est beau. Je dirais même tout à fait magnifique. Pour la ressemblance, il faut peut-être attendre que ses traits s'affirment. De toute façon, je suis très fière et très émue.

—C'est formidable ! Je suis Papa ! Oui, oui, oui, je suis Papa !

— Et moi, maman. Maintenant, nous voilà investis d'une très grande responsabilité. Nous avons un je aimer et à faire grandir pour qu'il devienne un homme.

— C'est vrai, ma chérie. Il n'y a pas de problème, je m'engage à le faire. Je te l'ai déjà dit, les enfants doivent avoir la priorité.

— Je sais, mon amour. Pour moi aussi, tu le sais bien. Il faudra y penser pendant de nombreuses années. Même quand ce sera difficile et que nous serons tentés de faire passer d'abord notre bien-être individuel ou de couple. C'est une longue aventure qui commence !

— Oui, je sais et je t'assure que je saurai tenir mes promesses. Elles correspondent à mes convictions profondes. D'autre part, je te rappelle que j'ai souffert de la séparation de mes parents et qu'en conséquence je ne veux pas que Lucien puisse en dire autant.

Le CDD de Tanguy n'a pas débouché sur une embauche. Il est donc retourné chez son ancien employeur. Comme il fallait s'y attendre, la mésentente avec le directeur ne s'est pas arrangée.

Il a donc considéré qu'il était fort malheureux. Avec, peut-être une pointe d'auto-persuasion, il a estimé être un petit peu déprimé. Il a vu plusieurs fois son médecin qui lui a délivré des ordonnances pour de légers antidépresseurs et quelques arrêts de travail.

D'après ses dires, de nombreux collaborateurs ont démissionné de la structure qui l'employait. Il y a eu, en effet quelques démissions mais en nombre limité.

Tanguy a donc cherché un nouvel emploi. La première réponse positive émanait d'une société située dans une ville à plus de deux cents kilomètres de la résidence du couple. Cela impliquait donc un déménagement et pour Clarisse, alors enceinte, l'obligation de donner sa démission à son employeur.

Il a alors beaucoup insisté sur le calvaire qu'il vivait à son travail.

—Ça ne peut absolument plus durer. Il faut impé--rativement que je quitte mon emploi actuel.

— Écoute, mon chéri. Si tu fais ce choix, je vais devoir quitter mon travail. Non seulement, j'aime ce que je fais mais l'ambiance dans le service est excellente.

— Tant mieux pour toi ! Pour moi, c'est, je te l'ai déjà

dit, invivable.

— Le terme n'est-il pas un peu trop fort ?

— Non, non. Je t'assure, je n'en peux plus. D'ailleurs tu sais bien qu'il y a eu beaucoup de départs depuis l'arrivée de ce nouveau directeur.

—. Il y a eu, en effet, quelques démissions. Mais ce n'est quand même pas, une fuite éperdue. La très grande majorité du personnel est restée.

— Tu sais bien que c'est un sale type. Je suis victime d'un véritable harcèlement sur mes horaires.

— Ce n'est quand même pas surprenant qu'un responsable exige de son personnel qu'il respecte les heures d'arrivée et de départ. D'ailleurs, pour ma part, c'est ce que je fais.

—. C'est vrai pour le personnel d'exécution. En revanche, je considère que ma position de cadre responsable d'un service, doit me permettre d'arriver à l'heure qui me convient et de partir quand je le souhaite, pourvu que mon travail soit fait.

— Ce n'est tout de même pas une position fondamentale à mon avis. D'autre part, si nous partons nous installer ailleurs, je vais devoir quitter mon emploi. Et ceci en démissionnant, donc sans indemnités de chômage.

— Bien sûr. Mais, tu trouveras un autre emploi.

— C'est un peu vite dit. Le marché du travail n'est pas particulièrement actif en ce moment. En plus, dans ma spécialité, c'est plutôt pire que dans d'autres.

— Ce n'est pas grave, je suis certain que tu trouveras. Éventuellement en cherchant dans un emploi moins spécifique que celui que tu occupes actuellement.

—En somme, un déclassement par rapport à mes études. Un bac plus cinq, je te rappelle.

— Mais, ce n'est pas grave. Tu trouveras sûrement mieux ensuite.

— Il nous faudra déménager. Que ferons-nous de cette maison confortable située dans un quartier chic et agréable, à proximité du centre-ville.

— Nous la vendrons et rachèterons ailleurs. Je n'en peux plus. Tu sais, je n'en peux plus ! Je vais faire une déprime sévère.

Ces discussions se renouvelant régulièrement et Tanguy montrant de plus en plus de signes et d'attitudes d'accablement, Clarisse finit par penser, qu'en effet, il faut qu'elle se résigne à céder.

Tanguy a trouvé un poste dans une autre ville.

Il donne donc une réponse positive. Il devra prendre sa fonction dans trois mois.

Ils se rendent dans leur future ville de résidence pour chercher un appartement à louer. Ils trouvent assez facilement un logement qui leur convient. Ils signent un accord avec le propriétaire et versent un loyer d'avance.

Deux jours après, une autre réponse parvient d'une entreprise de leur ville. Tanguy hésite, se renseigne un peu plus sur la société, rencontre le président. Finalement, il se décide pour cet emploi.

Il avise le propriétaire du logement loué et, sans état d'âme, lui réclame les arrhes versées.

De même qu'il s'est lassé de son emploi, il en a assez de la voiture plus familiale qu'ils ont achetée quand le 4x4 a eu besoin d'être changé. Sans réelle surprise, c'est d'un nouveau 4x4 qu'il a envie. Il remet souvent le débat sur le tapis.

Le problème du financement se pose. Clarisse estime qu'un modèle classique serait largement suffisant, d'autant plus qu'elle a l'impression qu'il était moins intéressé. Néanmoins, il insiste beaucoup et trouve sa solution pour financer cet achat : qu'elle vende des obligations que lui ont données ! : ses parents. Elle commence par refuser. Et puis, il insiste tellement, allant quasiment jusqu'aux caprices, qu'elle finit par céder, et ainsi le véhicule est financé par elle aux trois quarts.

Clémentine voit le jour un beau dimanche de mai. C'est à nouveau une grande joie. Le jeune Lucien est très fier d'avoir une petite sœur et de devenir un grand frère.

— Tu vois comme elle est belle ta petite sœur, mon fils ?

— Oui, Papa, très belle ! Mais elle n'a pas beaucoup de cheveux pour une fille. Tu ne trouves pas Maman ?

— Ne t'en fais pas, mon petit lapin, ils vont pousser. Tu sais qu'il faudra faire attention à elle, un bébé c'est fragile.

— Oui, oui, je sais. Je l'aimerai très fort.

— C'est bien mon fils ! Nous, les hommes de la famille, nous serons là, toujours là, pour veiller sur elle et la protéger. Maman peut être tranquille, je ne vous quitterai jamais. Pour moi, la famille c'est vraiment très important.

La vie s'organise avec deux jeunes enfants.

Le bébé est couché dans la chambre des parents et Lucien dort dans la chambre à côté.

Des travaux sont entrepris au deuxième étage de la maison pour le rendre plus habitable. Quand ils sont terminés, Tanguy décide que Lucien ira coucher au second, tandis que Clémentine récupérera sa chambre. Il s'obstine malgré les réserves de Clarisse. Lucien n'est pas très rassuré d'être seul, éloigné de ses parents. Il recommence à faire pipi au lit. Tanguy reste obstinément intraitable.

Dans un premier temps, les enfants sont gardés dans la journée par la même nourrice.

En septembre, Lucien va faire sa première rentrée scolaire en maternelle. Il faut donc mettre en place une organisation nouvelle.

Une voisine, amie de Clarisse, mère d'un petit garçon de l'âge de Lucien, propose un arrangement.

— Ma femme de ménage pourrait aller chercher les

garçons à la sortie de l'école et les garder à la maison jusqu'à notre retour du boulot. Nous partagerions les frais et les enfants joueraient ensemble.

— Ça me paraît une bonne idée ! pourquoi pas ? J'en parle à Tanguy.

Le soir, après que Tanguy est rentré avec les enfants qu'il a récupérés chez la nounou.

— J'ai rencontré Solange. Elle m'a fait une proposition pour Lucien. Sa femme de ménage irait chercher les garçons à l'école puis les garderait chez Solange. Nous récupérerions Lucien en rentrant du travail. Les frais de garde seraient partagés.

— C'est une bonne idée.

— Donc, on peut lui dire oui.

— D'accord. Pour le mercredi, comment cela se passera-t-il ?

— Elle ne travaille pas ce jour-là, mais elle ne souhaite pas avoir Lucien. Je pense que mes parents seront ravis de venir garder les enfants.

— Effectivement, je crois que cela leur fera plaisir.

— Ta mère pourra, elle aussi, venir s'occuper d'eux. Les enfants profiteront ainsi de leurs grands-parents.

— Oui, bien sûr. Je pense qu'elle sera ravie elle aussi. Il faudra probablement élaborer un planning. Même pour des retraités, ça peut rendre service.

— Bonne idée ! D'autre part, puisqu'ils habitent tous un peu loin de chez nous, il faudra les héberger le mardi soir. Ils pourront d'ailleurs prendre Lucien à la sortie de l'école.

— Ce n'est pas un problème puisqu'il y a désormais une chambre d'amis au second.

Cet arrangement fonctionne bien à la satisfaction générale même si l'un ou l'autre est parfois un peu irrité par la présence des grands-parents au repas du soir.

L'arrivée d'un autre bébé dans la famille de Solange amène celle-ci à revoir sa position. Elle décide de prendre un congé parental. En conséquence, elle s'occupera de ses enfants après l'école et ne souhaite plus garder Lucien à ce moment-là.

Clarisse et Tanguy font donc appel à une dame pour aller le prendre à la sortie de l'école et le garder jusqu'à ce que l'un d'eux prenne la relève. Le système mis en place pour le mercredi restant inchangé.

Clémentine est encore chez la Nounou.

Tout va très bien jusqu'au mois de juillet. Cette dame a trouvé un emploi à plein temps qui ne lui permet plus d'assurer son service.

En pleine période de congés, il faut donc trouver une remplaçante pour la rentrée. Clarisse, très préoccupée, s'y colle, notamment en cherchant sur Internet. Tanguy se contente de répéter : ne t'en fais pas nous verrons bien à la rentrée.

Les recherches ne sont pas simples et sont donc assez longues Elles aboutissent heureusement juste à temps.

La marraine de Clémentine est une jeune cousine de Clarisse. Elle vient pendant les vacances scolaires voir sa filleule.

Elle se plaint quelques fois du comportement de son père qui a quitté le domicile conjugal quand elle avait une dizaine d'années. Quand il entend cela, Tanguy monte sur ses grands chevaux. Il proclame que la conduite qu'elle décrit est inadmissible et n'hésite pas à dire que, s"il en a l'occasion, il cassera la gueule à ce monsieur.

Arrive l'anniversaire des dix ans de mariage.

Tanguy, très excité par cet évènement, prépare un voyage. La destination est choisie en commun.

— Pour ma part, j'aimerais bien VENISE. C'est la ville des amoureux et il y a plein de belles choses à voir.

—Ce sera AMSTERDAM, ma petite chérie adorée. VENISE est trop convenu pour une telle occasion, il faut se démarquer. En plus, AMSTERDAM est la Venise du Nord.

— C'est ce qu'on dit parce qu'il y a des canaux. C'est quand même moins réputé.

— Il faut sortir des sentiers battus. Ça fera plus d'effet quand nous parlerons de ce voyage autour de nous. Tu verras !

— Bon. Va pour AMSTERDAM. Prépare un joli programme.

— Ne t'en fais pas. Tu verras, tu seras ravie.

— J'espère bien !

Le voyage se fait en voiture pour ne pas se contenter de visiter la ville. Quelques arrêts en route permettent de découvrir des paysages typiques, notamment des moulins à vent.

L'hôtel retenu est un cinq étoiles, dans un immeuble ancien et imposant, au carrefour de deux canaux. Tout à fait ce que Tanguy aime parce que cela « en jette ».

Il a choisi un week-end prolongé de début mai pour pouvoir visiter le magnifique parc de fleurs KEUKENHOF couvert de plusieurs millions de tulipes, de narcisses et de jacinthes, sur trente-deux hectares. Ils sont émerveillés.

La visite prévoit également le marché au fromage d'ALKMAAR avec ses porteurs tout-à-fait folkloriques.

Au musée VAN GOHG, ils sont particulièrement ravis du parti-pris de la présentation entièrement chronologique des toiles. Ils trouvent que cela permet de parfaitement saisir l'évolution du peintre.

Bien entendu, ils ne manquent pas de se rendre

au RIJKSMUSEUM, où ils peuvent apprécier un vaste aperçu de l'art néerlandais du XVe siècle jusqu'à 1900 environ, avec un accent plus particulier sur les maîtres hollandais du XVIIe siècle. Et aussi la partie des collections concernant les maîtres de l'école flamande et ceux de l'école italienne. Ils apprécient de découvrir la Ronde de nuit de REMBRANT, dès l'entrée.

Tanguy a également prévu de faire un tour en soirée dans le célèbre quartier rouge connu dans le monde entier pour ses prostituées présentées dans des vitrines éclairées de rouge. Ce spectacle émoustille Tanguy. Il insiste pour aller voir un spectacle de striptease dans un des théâtres spécialisés, mais, Clarisse apprécie modérément d'en passer par là pour un voyage d'anniversaire de mariage. Elle refuse, de même que la visite du musée de l'érotisme.

La balade en bateau sur les canaux, si elle n'a pas le même attrait qu'un tour de gondole à VENISE, leur permet de découvrir les charmes de la ville.

En rentrant, ils font un détour par LA HAYE dans le but dey visiter le musée MAURITSHUIS et voir notamment la jeune fille à la perle de WERMER.

— Un grand merci, mon chou, ce fut un merveilleux voyage.

— Tu vois, chérie, je te l'avais dit !

— Oui. En plus, c'était un moment merveilleux, comme un voyage de noces.

— Bien sûr ! C'était d'ailleurs un des buts de ce déplacement. Mon petit cœur, je t'aime toujours autant, même peut être plus et pour toujours, tu peux en être sûre.

— Moi aussi, je t'aime très, très fort.

Quelques mois plus tard, une jeune femme est recrutée dans l'équipe de Tanguy.

C'est une jolie fille., blonde aux cheveux longs, et des yeux bleus. Mince avec de longues jambes. Toujours coquette. Elle est âgée d'un peu plus de vingt-cinq ans.

Très vite, Tanguy se montre charmant avec elle. Toujours plein de petites attentions. Jamais avare de plaisanteries, pas toujours de très bon goût. Volontiers dans la frime.

Elle ne tarde pas à être sensible à ce comportement. Elle y répond par des minauderies subtiles et tout un ensemble de manœuvres de séduction assez typiquement féminines.

Tanguy l'invite, de temps en temps, au restaurant à midi où il règle avec la carte bancaire du compte-joint du ménage. Parfois, il propose d'aller prendre un pot après le travail. Il fait une parade, tel le paon, il déploie le grand jeu pour séduire.

Fernande qui est dans un état d'esprit voisin du sien, le fait attendre tout en restant dans la séduction. Toutefois, elle ne tarde pas à céder à ses avances.

C'est à partir de là qu'il dit que son patron organise des réunions le soir, après la journée de travail jusqu'à des heures tardives. Il peste d'ailleurs beaucoup sur ces horaires excessifs mais auxquels il ne peut pas échapper, prétend-t-il.

Il explique ce surcroit de réunions par des projets d'expansion de l'activité pour lesquels le patron sollicite leurs avis.

Clarisse est tout de même un peu surprise de ces horaires. Mais, sachant le patron un peu particulier et, n'ayant pas l'esprit à monter elle-même de telles justifications, elle ne développe pas de doutes.

Toutefois, elle affiche un tantinet de scepticisme. Cela rend Tanguy quelque peu inquiet d'être découvert. Il est de plus en plus mal à l'aise et par conséquent, davantage tendu.

Pour un week-end, il prétend être obligé de se rendre à Limoges pour aider un client de l'entreprise à installer son magasin durant les deux jours.

Il rentre le soir de son travail à des heures qui deviennent encore plus tardives.

Fernande accentue la pression :

— Dis donc mon grand chéri, tu vois comme notre entente est forte. Tu sais, dès que je t'ai vu, j'ai senti que nous étions faits l'un pour l'autre.

— Cela ne me surprend pas, ma beauté, car j'ai eu exactement la même impression. Je me sens vraiment particulièrement bien auprès de toi.

— Eh bien, il faudrait que nous puissions passer plus de temps ensemble. Pas seulement quelques heures après le boulot. Du vrai temps.

— C'est vrai que ça serait très bien. Moi aussi j'aimerais. Mais, comme tu sais, j'ai deux enfants. Je veux leur éviter de vivre ce que j'ai moi-même vécu étant jeune, le divorce de mes parents.

— Ah ! Tu ne m'avais pas parlé de cet épisode de ta vie.

— Ma petite poulette, l'occasion ne s'est pas présentée jusque-là.

— Bon, et alors mon bel Apollon ?

— J'ai énormément souffert. Certes, mes parents ne s'entendaient plus depuis un certain temps. C'étaient des engueulades sans arrêt.

— Donc, il fallait qu'ils se séparent.

— Oui, certainement. Mais, je reproche à mon père d'avoir attendu de rencontrer une femme pour partager sa vie, avant de partir du foyer et nous quitter. D'autre part, ma mère, forcément furieuse, même si elle avait une bonne part de responsabilité dans la situation, a débiné notre père auprès de nous avec force et ténacité.

— Mais, mon canard, tout cela est assez classique dans une séparation.

— Peut-être. En tout cas, moi, je l'ai très mal vécu.

— Tu hésites donc à te séparer de ta femme.

— Tu as compris, ma princesse, mais je t'aime beaucoup. Viens dans mes bras que je te fasse une démonstration très concrète.

— Oui, oui, oui !!! Allons-y !!!

La situation dure comme cela pendant quelques mois.

Tanguy va mal. Ou, plutôt, il laisse penser, dans sa famille, qu'il va mal.

— Que t'arrive-t-il, mon petit mari chéri ? Je ne te sens pas très bien.

— C'est vrai. Ces journées de travail à rallonge me fatiguent.

— Et bien, parles-en à ton patron.

— Oh non ! Surtout pas. Il ne serait certainement pas réceptif. Non, je préfère encaisser et ne pas avoir d'histoire.

— Tu devrais, peut-être, chercher un autre emploi, alors.

— Non. C'est trop compliqué. Un petit moment difficile à passer. Ça ira mieux après.

À la même époque, avec Fernande.

— Tu sais, mon petit oiseau adoré. Tu me dis que tu m'aimes. Que tu trouves difficile de me quitter. Qu'est-ce que tu conclus ?

— Ma belle chatte, que tout ce que je te dis est totalement vrai. D'ailleurs, je te précise, à nouveau que je ne mens jamais.

— Merci pour la précision ! Tout de même, je ne suis pas sûre que tu ne mentes pas à ta femme.

— Mais, ce n'est pas pareil ! Comment pourrais-je faire autrement ?

— Il me semble que la meilleure solution est que tu lui dises ce qu'il en est de nous deux.

— Oh non ! Ça va lui faire de la peine.

— Maintenant ou plus tard, qu'est que ça changera ?

— Je ne sais pas. Écoute, attends un peu.

— Je veux bien attendre. Mais, pas jusqu'à la saint Glinglin.

— D'accord ma petite puce. Viens donc que je fasse une démonstration de mon grand amour.

Il rentre chez lui.

— Ah. Te voilà enfin ! Ces sorties très tardives sont vraiment désagréables et surprenantes, Il y a de l'abus à force.

—Je fais ce que je peux. Je t'assure. Ce n'est pas évident.

— Bon. On mange vite et on monte se coucher.

— Ok.

Quand ils sont au lit, Clarisse se montre câline.

— Je suis crevé, ma chérie. Excuse-moi, mais réellement, je n'en peux plus.

— Bon, dormons.

— Oui, dors si tu veux. Il y a une série à la télé, je ne veux pas manquer l'épisode.

— Comme tu veux. Je suis fatiguée aussi. Tu pourrais faire une exception et pour une fois regarder ta série au salon.

— Je suis trop crevé !

— Bon. Alors bonne nuit.

À l'occasion des vacances de printemps, un séjour en famille en ANDALOUSIE était prévu depuis plusieurs semaines. Tanguy avait tout organisé avec application et l'idée d'en faire un moment inoubliable.

Il n'a pas, malgré la double vie qu'il commençait à mener, l'idée d'annuler ce qui était prévu.

Il vécut ce séjour dans le présent immédiat et ce fut très agréable pour la famille. Au retour, les enfants et leur mère en parlaient avec un grand enthousiasme.

Fernande revient à la charge pour qu'ils se mettent en ménage. Il continue de se défiler sous des prétextes plus ou moins fallacieux.

Tanguy se montre de plus en plus déprimé. Clarisse lui conseille de consulter son médecin de famille. C'est ce qu'il finit par faire. Il en revient avec une prescription de légers antidépresseurs.

Le traitement est très peu suivi, car considéré, à juste titre, peu utile. Dans le même temps, Fernande se fait de plus en plus pressante.

— Mon petit poulet adoré, quand vas-tu te décider à venir vivre avec moi ? Je commence à en avoir sérieusement assez de la situation actuelle.

— Oui, ma petite chatte. Je te comprends. Mais, tu sais c'est vraiment difficile. Laisse-moi encore un peu de temps.

— Tu répètes ça en permanence. Ça commence à bien faire ! Les vacances approchent, je voudrais bien que nous les passions ensemble. Au moins en partie.

— Oui. Eh bien, je vais faire en sorte que ce soit possible. Fais-moi confiance.

— Je veux bien te faire confiance. Mais, je ne veux pas que tu trahisses ma crédulité.

Un soir, après avoir couché les enfants, Clarisse va sur l'ordinateur de la maison. Elle surfe un peu sur Internet. Tout à coup, lui vient l'idée de regarder l'historique de navigation.

Là, elle découvre que Tanguy a consulté des sites traitant de méthodes de suicide.

Elle s'inquiète. Toutefois, quand il rentre tard, une fois de plus, elle ne dit rien.

Le lendemain elle provoque une conversation avec lui.

— Comment vas-tu, Tanguy ? Les médicaments que tu prends te font-ils de l'effet ?

— Oui, oui.

— Peut-être un effet insuffisant. Tu devrais consulter à nouveau pour voir s'il ne faut pas augmenter les doses.

— Non, je ne crois pas. Je me sens mieux.

— Je n'ai pas cette impression.

— Si. Je te dis que si.

— Mais, tu ne vas quand même pas bien. Tu devrais me dire ce que tu as. Ainsi je pourrais t'aider.

— Ça va. Tu sais que l'ambiance dans l'entreprise me contrarie un peu et que le surcroit de travail me pèse beaucoup. Je suis donc simplement très fatigué.

— Soit. Mais il faut que tu réagisses, sinon tu vas t'enfoncer.

— Ne t'en fais pas. Ça va s'arranger avec le traitement et, d'autre part, les congés approchent. Dans notre lieu de vacances habituel, je me reposerai et tout ira mieux.

— Tu sais que tu peux compter sur moi, mon chéri,

pour t'aider.

— Oui, ne t'en fais pas. Je pars travailler.

À midi, Tanguy invite Fernande au restaurant.

— Ah. Ça fait du bien de se détendre !

— Oui, tu l'as dit.

— Et j'ai raison !

— Au fait, as-tu décidé si tu venais vivre avec moi ? Les vacances arrivent et je ne peux pas imaginer ne pas en passer une partie avec toi. Je te rappelle que nous avons posé nos congés pour qu'il puisse en être ainsi.

— Oui, je sais. Patiente un peu. Ne t'inquiète pas, ça se fera.

— Je veux bien te faire confiance, mais ne tarde pas trop. Sinon tout est fini entre nous.

— Je ne veux pas de çà. Aie confiance. Un bisou et tchin-tchin.

Les jours passent. Tanguy est toujours dans la même attitude d'attente. Fernande augmente la pression. Clarisse fait preuve d'une attention affectueuse.

Un soir, il ne rentre pas à la maison. Il avait averti Clarisse qu'il fêtait un anniversaire avec des amis. Bien évidemment Clarisse est très inquiète, surtout après ce qu'elle a vu sur l'ordinateur Vers six heures, ne tenant, plus elle va sonner chez un des copains de Tanguy qui la rassure en lui disant qu'il est resté chez lui, trop fatigué pour rentrer.

Un jour, il finit par, enfin, se décider.
— Clarisse, je vais quitter la maison.
— Quoi ? Que dis-tu ?
— Je vais quitter la maison.
— Tu as une autre femme ?
— Non, non. Je t'assure.
— Tu es sûr ? C'est quand même vraiment incroyable !
— Peut-être mais c'est vrai.
— Puisque tu dis que ce n'est pas la raison de ton départ, c'est quoi alors ?
— Je ne t'aime plus.
— C'est un peu juste comme explication. Pour quelles raisons tu ne m'aimerais plus ?
— Euh !.......Je ne sais pas trop.
— Mais encore. Allez, vas-y, explique-toi.
— Peut être une certaine lassitude au bout de toutes

ces années.

— Et ça te prend tout à coup !

— Non, ça fait quelque temps que ça dure.

— C'est pour cela que tu es déprimé ou pour ton travail ?

— Pour mon travail, je te l'ai déjà dit.

— Tu me l'as déjà dit, en effet. Mais, je ne suis pas sûre qu'il n'y ait que ça. Tes sorties tardives ne seraient-elles pas motivées par des visites à une femme ?

— Mais non. Je le répète, il n'y a personne.

— J'ai beaucoup de mal à te croire. D'autant plus que tu n'hésites pas beaucoup pour mentir. J'ai pu m'en rendre compte à plusieurs reprises. Tu le sais.

— Hum !

—Soit ! Alors, puisque tu dis ne plus m'aimer il doit-y avoir d'autres raisons que la lassitude. Explique-toi un peu plus.

— Ben. Euh…….Plusieurs choses.

— Par exemple ?

— Euh……Euh…..Tu es parfois plus mère qu'épouse.

— Ça veut dire quoi ?

— Tiens, par exemple, les enfants sont pour toi une priorité.

— Oui. Ce n'est pas nouveau. Nous en avons parlé assez longuement pendant nos fiançailles. Non seulement tu étais prévenu, mais tu disais, à l'époque, que cela te paraissait normal.

— Oui, peut-être.

— Non pas peut-être. Je m'en souviens parfaitement. De surcroit, tu l'as répété à plusieurs reprises, notamment à la naissance de chacun des enfants.

— Oui. Mais…Euh…Quand tu as fini par gâcher les vacances avec ton inquiétude au sujet de la garde des enfants à la rentrée. Ça m'a paru exagéré.

— Et comment aurions nous fait si aucune solution n'avait été trouvée à temps ?

—. On se serait débrouillé. Je te demande d'annoncer ma décision aux enfants.

—. Non. Et puis quoi ? C'est toi qui prends une décision, c'est à toi de la communiquer aux enfants.

— Oui. Mais, je suis sûr que tu feras cela mieux que moi.

— Il est hors de question que tu te débines. Débrouille-toi. Tu n'as qu'à les préparer. En tous les cas fais en sorte de ne pas les traumatiser.

Quelques jours après, il est encore là et Clarisse relance la conversation

—J'ai réfléchi. Tu ne sais pas véritablement où tu en es. Tu fais état de difficultés sans être capable d'en exprimer vraiment. C'est vague. Puisqu'il y a un problème pour toi, il serait bon que nous prenions l'attache d'un psychologue pour nous aider à faire le point.

— Tu sais que je ne suis pas adepte des psychologues. Est-ce bien utile ?

— Je pense que non seulement c'est utile, mais même indispensable.

— Hum ! Hum !

— D'ailleurs, ton oncle en connaît un qu'il a consulté pour lui-même., et dont il dit avoir été satisfait.

— Oui, mais….

— J'insiste fortement. Il faut examiner tout cela avec sérieux. D'autre part, il pourra nous conseiller pour savoir comment l'annoncer aux enfants.

— Ah, oui ! Tu crois ?

— C'est très important que cela soit fait du mieux possible. Tu dois le comprendre assez facilement, toi qui a vécu la séparation de tes parents.

— Oui et je n'en suis pas mort.

— Sois un peu sérieux. Certes tu n'en es pas mort. Mais cela t'a marqué. Tu m'en as très souvent parlé, avant et après notre mariage, pour m'expliquer combien tu avais souffert. Et pour nos enfants, tu dis qu'il ne faudrait pas prendre de précautions ? C'est incohérent !

— Bon, prends rendez-vous.

— Je vais le faire sans tarder. Puisque j'y suis, je te rappelle que tu jurais tes grands dieux que tu ne ferais pas comme tes parents parce que tu avais trop souffert.

— Oui, je sais, mais c'est différent.

— Je ne vois vraiment pas en quoi.

— Je ne pars pas pour une femme. Après, étant célibataire, ce sera autre chose et peut être trouverais-je une compagne.

— Tu t'arranges à ta façon. Ça veut dire quoi ce que tu viens de prétendre. Peut-être bien que tu as déjà trouvé et que vous souhaitez vivre ensemble ou, peut-être que tu en es aux première manœuvres d'approche et que tu préfères te présenter comme étant libre.

— Mais non ! Je t'assure, il n'y a aucune fille là derrière. Tu peux me croire.

La belle mère de Clarisse téléphone à sa maman pour lui demander que malgré la séparation elles restent amies.

Celle-ci tombe des nues. Rien ne laissait prévoir cela. Elle entend alors que sa fille n'était pas assez présente dans le couple en raison de ses obligations professionnelles. Elle affirme que son fils n'est pas parti pour une fille, d'ailleurs il le lui a assuré, dit-elle.

Première séance chez le psychologue. Tanguy réitère les arguments qu'il a déjà utilisés auprès de Clarisse. Quand le psychologue cherche à fouiller un peu, il est évasif. Ainsi, les interrogations de Clarisse sont restées sans réponse et cette entrevue débouche sur peu de choses.

Le psychologue préconise une nouvelle séance mieux préparée dans une quinzaine de jours. Pendant ce délai, il téléphone à Tanguy pour lui demander d'être plus coopératif. Il lui fait avouer qu'il a menti et l'invite à dire la vérité, : il part pour une femme.

Le jour J est arrivé. Avant d'entrer dans le cabinet, sur le pas de la porte, Tanguy prend la parole :

— Il faut que je te dise quelque chose. Le psychologue m'a téléphoné pour m'indiquer qu'il avait deviné la réalité et a insisté pour que je te dise la vérité, que je te la devais. C'est bien pour une femme que je pars.

— J'avais donc bien raison et tu m'as menti cyniquement. Sans cette intervention tu restais dans le mensonge ! C'est indigne ! Tu te fiches complètement de moi !

Ils entrent pour le rendez-vous.

Le psychologue s'assure en début de séance que le motif du départ a bien été donné et qu'ainsi tout est bien clair.

La consultation ne donne pas grand-chose avec un des participants toujours très fuyant. Ils arrivent tout de même à se mettre d'accord sur la nécessité de faire en sorte que les enfants âgés de huit et cinq ans, souffrent le moins possible de la situation.

Tanguy se décide à parler aux enfants, en présence de Clarisse qui a tenu à assister à ce moment pour être sûre de savoir quelle serait la teneur de l'information donnée.

— Mes petits chéris ; j'ai quelque chose à vous dire, venez dans le salon.

— Je vous aime beaucoup. Mais j'aime moins Maman

qu'avant. Je vais donc partir de la maison.

— Alors nous ne te verrons plus ?

— Mais si ma fille. Je vous verrai toujours. Je vais trouver un appartement et vous viendrez passer des week-ends avec moi. Vous verrez, ce sera très sympathique.

— Maman va être triste si tu n'es plus avec nous.

— Non, ne t'inquiète pas, mon fils. Nous en avons parlé ensemble et elle comprend.

— Moi, je suis triste quand même pour ma maman.

— Ça va s'arranger. Vous verrez dans quelque temps tout ira bien. Vous savez que je vous aime beaucoup, vous êtes mes petits trésors. Nous nous reverrons très bientôt et souvent. Venez vite que je vous fasse de gros câlins avant de partir.

Il s'en va. Les enfants se précipitent dans les bras de leur Maman qui, malgré sa déception et sa peine, fait le maximum pour les rassurer. Pour elle, les enfants sont une priorité. Ce n'est pas facile parce qu'ils sont très perturbés par ce qu'ils viennent d'apprendre.

Quand ils sont couchés, Clarisse craque. Elle s'effondre en larmes. Ce n'est pas ce dont elle avait rêvé. Elle voulait fonder une famille unie et aimante, semblable à celle de son enfance, mais qui soit à sa manière. Sa déception est amplifiée par les promesses que Tanguy lui a faites en s'appuyant sur ce qu'il avait vécu avec la séparation de ses parents. Il avait bien dit qu'il ne voulait pas cela pour ses enfants, surtout pas cela. Et voilà. Quelle ordure !

Quelques semaines après. Un dimanche, Tanguy est chez sa mère avec les enfants. Celle-ci téléphone à Clarisse pour lui proposer de venir déjeuner avec eux. Pensant que son acceptation serait une bonne chose pour ses enfants en leur montrant que ce n'était pas la guerre au sein du couple malgré l'abandon du domicile, elle accepte l'invitation.

En arrivant, elle remarque le catalogue d'IKÉA sur une commode. Elle n'y attache aucune importance.

À la fin du repas, la belle-mère s'exclame : allez les enfants, préparez-vous vite, vous allez avec Papa au magasin pour acheter les lits que nous avons vus dans le catalogue et qu'il va installer dans son nouvel appartement. Un lit de princesse pour toi, Clémentine, et un lit de pirate pour toi, Lucien. Dépêchez-vous mes petits chéris.

Clarisse embrase les enfants, salue, en coup de vent sa belle-mère et rentre chez elle pour appeler ses parents au téléphone. Ils vont rapidement la rejoindre.

À leur arrivée, ils la trouvent en pleurs, tout particulièrement remontée. Elle hurle, en racontant ce qui s'est passé, proférant des injures envers Tanguy. C'est à la fois une forte colère et un vif désespoir. À tel point que la voisine, encore adolescente, inquiète des cris, téléphone à ses parents pour les alerter de ce qui se passe. Elle leur précise avoir vu la voiture des parents de Clarisse, ils la rassurent donc.

En fait, il n'a pas encore loué d'appartement et, bien entendu, il n'a rien acheté d'autre que des peluches pour les enfants. Il n'achètera d'ailleurs jamais ces lits.

C'est une manière d'agir assez typique de celles des pervers narcissiques. Il se valorise auprès des enfants et fait souffrir sa femme. Et sa mère a, en l'occurrence, le même comportement que lui.

Moins de deux mois avant son départ, Tanguy avait, comme à l'accoutumée, retenu un appartement dans la résidence de vacances où ils avaient leurs habitudes. Le paiement avait été effectué par le débit du compte joint, comme de coutume.

Il n'a pas souhaité résilier la réservation quand il a quitté le domicile conjugal. Il s'y est donc rendu pour en profiter aux dates prévues.

La première semaine, il était seul. Comme il s'ennuyait un peu, il a décidé d'aller trouver une nièce d'un de ses oncles par alliance, en vacances dans une station proche.

— Bonjour, Tanguy. Tu es seul ? Et Clarisse et les enfants ?

— Tu n'es pas au courant ? Ton oncle ne t'a pas dit ? Nous nous sommes séparés Clarisse et moi, je suis donc seul en vacances dans la même résidence que les années précédentes.

— Séparés ? Non je ne suis pas au courant. Est-ce elle qui est partie ?

— Non, c'est moi.

—. Ah bon. Tu es parti pour une femme, bien sûr.

— Non, je t'assure. Il n'y a pas de femme là-dessous. Simplement, je l'aimais moins. Tu sais, l'usure du couple.

— Et ça t'as pris tout d'un coup ? Depuis quand es-tu parti ?

— Un peu plus de deux mois.

— As-tu bien réfléchi avant de te décider ? Ce n'était peut-être qu'un petit passage à vide

— Oh, tu sais, ces choses-là, on ne les fait pas si on réfléchit trop.

— Ce qui veut dire que si tu avais réfléchi tu ne l'aurais pas fait. Franchement bravo pour ta logique. Et c'est pour me dire ça que tu as voulu venir me voir ?

— Pour le plaisir de te voir d'abord. Et, pensant que tu étais déjà au courant, ce n'était pas spécialement pour te l'annoncer.

— Tu n'es qu'un sale type. Tu viens me parler de ton comportement, pour le moins léger, et je me modère

dans le choix des mots. Inqualifiable serait plus approprié, mais on pourrait aussi parler d'inadmissible. Et ça ne te gêne pas de m'annoncer ça ? Tu sais bien, ce n'est pas un secret, que Jules m'a fait le même coup que toi. Tu sais aussi que j'en ai beaucoup souffert. Et tu viens, la bouche en cœur, me raconter que tu as fait à peu près la même chose que lui ? Tu es complètement pervers. Un vrai pervers narcissique car tu présentes cela avec ton air réjoui de satisfaction pour tes actes. Fiche le camp. Tu n'es qu'un salaud et je plains beaucoup Clarisse qui est une fille remarquable qui ne méritait pas de tomber sur un sale type dans ton genre.
— Tu es excessive. Tu ne peux pas savoir.
— File. Du vent. Je t'ai assez vu.
Il part avec son grand sourire habituel de contentement de lui.

Cette semaine-là, Clarisse est venue avec ses enfants passer quelques jours de vacances chez ses parents.
Il est convenu avec Tanguy qu'il accueillera les enfants à la montagne la semaine suivante et qu'il viendra les prendre chez sa sœur où les grands parents

les conduiront. Cela minimise les trajets pour les enfants et par la même occasion ceux de Tanguy.

Quand Clarisse part à l'aéroport, Clémentine pousse des cris déchirants.

Pendant le séjour avec les enfants, sous prétexte d'aller retenir une table au restaurant pour le soir, Tanguy laisse les enfants seuls à la séance de cinéma. Il leur a tout de même recommandé de bien l'attendre à la sortie.

Les enfants restent une semaine à la montagne avec Tanguy qui ne souhaite pas les avoir au-delà. Le scénario envisagé est que sa mère vienne les chercher et les garde toute la semaine. Clarisse, estimant, elle, que les enfants étaient suffisamment perturbés comme cela, décide d'aller les récupérer directement.

Elle prend donc le train pour se rendre à la gare la plus proche.

Évoquant le prétexte que les adieux seraient pour lui trop difficiles à supporter, il les laisse sur le quai de la gare plus d'une heure avant le départ du train.

En fait, sa maîtresse venait d'arriver par le même train que Clarisse et, bien évidement il était particulièrement pressé de la retrouver pour une semaine de vacances dans l'appartement loué par le débit du compte joint du ménage.

Les grands parents viennent récupérer leurs petits-enfants et leur mère pour leur faire terminer le voyage en voiture. En descendant du train Clémentine les interpelle en s'exclamant : « vous restez vous au moins ! »

Clarisse rencontre une connaissance du couple qui lui dit : j'ai rencontré Tanguy un soir dans un restaurant, il était avec une femme qu'il m'a présentée comme étant une « cliente ». Il ne fait pas d'autre commentaire bien qu'il n'est pas sans savoir que cela est très étonnant, dans la mesure où Tanguy n'a pas de fonction commerciale dans son entreprise.

Tanguy a fait des démarches auprès de la Sécurité sociale pour que les enfants soient inscrits sur leurs deux cartes Vitale, sans en parler auparavant à

Clarisse, bien que cela nécessite de remplir un imprimé signé par les deux parents. Il a donc imité sa signature.

Fernande et lui ne se sont pas installés ensemble, bien qu'il ait loué un appartement dans une résidence récente d'un certain prestige, donc au loyer élevé. Il va tenir compte de la totalité de ce loyer, même si le montant peut apparaître excessif, pour le calcul de la pension alimentaire qu'il commencera à verser seulement après quelques mois.

Il se remet à fréquenter le club de 4x4 de manière assez assidue. À tel point qu'il lui arrive de raccourcir un week-end de garde des enfants ou de les confier à sa mère. Sa maîtresse l'accompagne aux activités du club dans lequel ils prennent des responsabilités.

Il semble tout guilleret, sur un petit nuage. Il projette l'image d'un homme heureux d'avoir refait sa vie, selon l'expression consacrée.

Il renouvelle en partie sa garde-robe, dont il n'a pas entièrement débarrassé le domicile conjugal. Il porte des vêtements plus à la mode et qui sont censés rajeunir son allure. Ce changement peut s'expliquer par le fait qu'il est avec une femme largement plus jeune que lui.

Il croit que cette liaison sera durable. Il en est d'autant plus convaincu que comme il a dit à des amis, « vous savez, nous avons tout de suite senti que nous étions parfaitement faits l'un pour l'autre. Un véritable coup de foudre. »

Fernande n'est pas une fille facile à vivre. Si elle sait être gentille, elle peut avoir des sautes d'humeur, en particulier quand on contrarie ses caprices.

—. Mon petit poulet adoré, j'aimerais bien partir samedi prochain pour une petite balade en amoureux. Qu'en penses-tu mon chéri ?

— Mon petit cœur, tu sais que ce n'est pas possible cette semaine parce que c'est celle où j'ai la garde des enfants.

— Oui, mais, je ne t'ai pas encore dit, que c'est maintenant ou jamais parce que c'est pour aller à la fête du village de ma jeunesse à laquelle j'avais l'habitude de me rendre tous les ans depuis que je suis enfant.

— Il aurait mieux valu que tu me préviennes plus tôt, j'aurais peut-être pu m'arranger, mais là c'est bien trop tard.

— Ce n'est pas si tard que ça. Mon petit chéri que j'aime beaucoup.

— Ma poulette, n'insiste pas. Vraiment je ne peux pas.

— Bon, ça va j'ai compris. Tu ne m'aimes pas. Fous le camp chez toi et laisse-moi tranquille. J'irai seule.

— Mais non ma petite reine, je t'adore.

Il s'approche pour l'embrasser.

— Dégage ! Va chez toi.

Une fois, la discussion a dégénéré. Elle s'est mise dans une rage folle et l'a frappé avec une grande violence. Inquiet de se voir marqué par les coups reçus, il est allé chez son médecin habituel pour se faire soigner. Celui-ci lui a prescrit un arrêt de travail de trois jours.

Elle veut un enfant. À l'approche de la trentaine, elle considère qu'il ne faut plus attendre. Lui, qui est déjà père et plus âgé, estime que c'est hors de question pour lui. Cela donne lieu entre eux à des échanges récurrents pendant lesquels chacun évoque ses arguments et développe sa propre stratégie. Pour lui, une intransigeance ferme mais enrobée dans des promesses d'amour durable et des démonstrations de grande gentillesse. Pour elle, le charme et les câlineries. Mais les positions ne varient pas.

Toujours est-il qu'au bout de quelques mois, ils cessent leurs relations. Fernande reprend sa liberté et. Tanguy se retrouve donc tout seul.

Tanguy vit mal cette situation pour plusieurs raisons dont il a plus ou moins conscience et qu'il n'est pas en mesure de hiérarchiser.

Un sentiment d'échec par rapport à ce qu'il concevait comme un nouveau départ dont il était convaincu que ce serait pour la vie, tellement leur entente paraissait forte et parfaite au début. À tel point que dans une conversation avec Clarisse il a dit :

— Je sais que cette fois j'ai trouvé la femme idéale. Nous avons des projets de mariage et je souhaite divorcer.

— Si vite ? Après quelques mois seulement. Tu n'as pas l'impression d'être dans la précipitation ?

— Non, je suis absolument sûr.

— Tu ferais peut-être mieux de laisser un peu de temps au temps.

— Mais non.

— Je pense que tu devrais essayer de voir plus clair en toi. Tu aurais intérêt à retourner voir le psychologue pour qu'il t'aide à faire le point.

— Je n'en ai absolument pas besoin. Je me sens parfaitement bien dans ma peau et suis tout à fait certain de bien faire.

—J'en doute totalement

—Écoute, Nous n'avons pas réussi notre mariage.

— La faute à qui, t'es-tu posé la question ?

— Je disais donc, nous n'avons pas réussi notre mariage, réussissons notre divorce.

— Belle formule toute faite. Ça ressemble à un magnifique slogan pour une pub.

— J'ai contacté le notaire qui m'a confirmé que nous n'étions pas propriétaire à parts égales, compte tenu de tes apports ta part est bien supérieure à la mienne.

— Tu en doutais ? Tu espérais peut-être qu'il allait te proposer une formule magique pour qu'on ne tienne pas compte de la différence du montant des apports. Quelle élégance ! Et quelle naïveté !

— Là n'est pas la question. D'autre part, bien entendu, pour minorer les frais nous prendrons le même avocat pour tous les deux. J'en ai déjà contacté une qui est dis-

-posée à prendre le dossier.

— Il est totalement hors de question que nous prenions la même avocate. Dans un divorce, à l'évidence, les intérêts de chacun doivent être défendus par des personnes différentes. De toute façon, en ce qui me concerne, je ne vois absolument pas la nécessité de nous précipiter. Il vaut mieux prendre son temps.

— Mais non, ça ne changera rien d'attendre.

— Si. Tu sais que pour moi les enfants sont une priorité. Ton départ les a suffisamment perturbés, laissons-les digérer cela avant d'en rajouter. Pour mémoire, je te rappelle que tu m'as très longuement expliqué que tu avais beaucoup souffert de la séparation de tes parents. Bien sûr, pour toi, tu penses que ce n'était pas la même chose. Tu fais passer ta petite vie avant tout et sans te préoccuper aucunement de enfants. Je ne souhaite pas de précipitation et la discussion est close pour quelque temps.

Pour Tanguy, a ce sentiment d'échec, s'ajoute une certaine gêne vis-à-vis des personnes qui ont été témoins de son histoire des derniers mois. En particulier, les membres du club 4x4, parce qu'il se sent un peu mal à l'aise pour frimer, en conséquence, il participe moins aux activités et, progressivement, abandonne complètement.

Même vis-à-vis de sa famille, il n'est pas très fier de ce qui s'est passé. Habitué à être regardé, d'une certaine manière, comme le meilleur, son aura lui semble avoir pris un sérieux coup.

Il a tendance à se tourner de nouveau vers des amis ou d'anciens collègues de travail qu'il avait un peu perdus de vue. Ils ont une caractéristique commune, ils sont séparés de leurs conjoints. Certains ont formé un nouveau couple.

Quand il vient chercher ou raccompagner les enfants, il s'attarde un peu plus pour bavarder avec Clarisse.

Assez peu de temps avant de quitter la maison, il avait entrepris des travaux pour modifier le jardin. À son départ, une partie était terminée tandis que restait à poser un élément pour lequel il n'avait pas encore su se décider quant à la solution à retenir. Cela durait depuis plusieurs mois en dépit du fait qu'il y avait quelques dangers pour les enfants. Mais il procrastinait.

Clarisse a donc pris les choses en main et fait faire le nécessaire en s'endettant.

Toujours seul et mal à l'aise dans cette situation, il finit par penser à reprendre la vie commune.

Sachant que Clarisse souhaitait ardemment que ses enfants aient une vie familiale normale avec deux parents – il se souvient qu'ils en avaient souvent et longuement parlé au temps des fiançailles – il finit par décider de revenir. Il n'a pas à déployer beaucoup d'ef- -forts puisque Clarisse tient effectivement au bonheur de ses enfants.

Pour elle cet objectif est tout à fait primordial.

Il réintègre donc le domicile conjugal, se faisant même aider par un de ses beaux-frères pour y ramener des meubles qu'il avait déménagés dans son appartement.

Son retour ne s'est accompagné d'aucune excuse ni demande de se faire pardonner son incartade ; que ce soit auprès de son épouse ou de sa belle-famille.

Ce recommencement ne se fait pas sans difficultés. Il faut vaincre d'une part le ressentiment issu de la trahison, d'autre part la sensation de honte, même si elle est modérée, d'avoir fait un faux pas.

De crainte d'avoir à affronter le regard des autres, notamment celui de sa belle-famille. Tanguy préfère un repli de la cellule familiale. Cette attitude se perpétue pendant plusieurs mois.

Une cousine de Clarisse se marie. Naturellement, le couple est invité. Tanguy vient sans veste ni cravate. Est-ce parce qu'il a été sollicité pour être le photographe de la noce ou par provocation ? Il est vrai qu'il fait particulièrement chaud en ce jour de juillet, mais il est le seul à être dans cette tenue. L'hypothèse de la provocation est plus que vraisemblable. En effet, il confie à quelqu'un que si jamais ses beaux-parents faisaient une remarque, il repartirait.

Au fil du temps, il se détend et les choses finissent par reprendre un cours plus normal. Toutefois, il n'a pas en famille la même attitude que pendant la première partie de la vie commune. Il paraît ne pas être vraiment concerné par la vie familiale. Il participe peu aux tâches ménagères, ne sort plus les poubelles comme il ne manquait pas de le faire avant. Il ne s'occupe jamais du jardin, ce qui n'est pas vraiment surprenant dans la mesure où il a toujours fait le strict minimum, se réjouissant discrètement quand quelqu'un se proposait de tondre à sa place.

La conversation vient à porter sur la maison :
— Au fait, mon cher, j'ai fait terminer les travaux que tu as laissés en plan et qui pouvaient constituer un risque pour les enfants. J'ai dû emprunter, et ça serait

bien que tu participes.

— Non, parce que ce n'est pas moi qui ai décidé de faire exécuter la solution que tu as choisie.

— Bien sûr puisque tu n'étais pas là. C'est quand même toi qui a commencé le chantier.

— Oui, mais j'hésitais entre plusieurs solutions et je n'aurai probablement pas choisi celle-là.

— Ah bon. Tu l'avais pourtant envisagée très sérieusement.

— D'autre part, je ne me sens pas vraiment chez moi ici puisque je n'ai qu'une part minime de propriété. Je trouve que ce serait bien que nous passions chez le notaire pour modifier la répartition de manière à ce que nous soyons à 50/50.

— La répartition actuelle résulte du prorata de nos apports, elle est donc conforme aux règles habituelles. J'ai payé avec de l'argent m'appartenant en propre grâce à une donation de mes parents. Donc, je tiens à garder cette répartition.

Quelques mois plus tard :

— J'ai pensé à un truc, chérie. Nous gagnons assez bien notre vie. Il serait futé que nous songions un peu à constituer un patrimoine.

— C'est vrai que nous devons pouvoir mettre de l'argent de côté, surtout si nous faisons un peu attention à nos dépenses sans pour autant réduire notre train de vie de façon peu supportable. Nous avons un peu de marge.

— Oui. Et puis cela nous permettra de laisser des biens à nos enfants, le moment venu. Toi, tu hériteras de tes parents, tu auras de quoi transmettre. Moi, j'ai moins d'espérances et je pourrais ainsi transmettre un peu plus.

— Cet aspect ne me paraît pas être important. Ils seront probablement ravis d'hériter, sans forcément se poser la question de savoir de quel côté vient l'argent.

— Peut-être. Je crois qu'il serait très bien d'acheter un bien immobilier.

— Pourquoi pas ?

— Oui, un appartement à la montagne que nous pourrions utiliser au moment des vacances et louer le reste du temps.

— C'est à voir. Mais je doute que ce soit réellement rentable. C'est probablement intéressant quand on a beaucoup de vacances et qu'on y passe alors pas mal de temps.

— Il y a un argument en faveur de cette opération : des avantages fiscaux.

— Ah oui ? Il faut voir.

— Je reviens sur notre conversation de l'autre soir.

— Oui, laquelle ?

— Celle sur un placement dans un appartement de vacances.

—. Et alors ?

— J'ai réfléchi. Je crains que tu aies raison et que ce ne soit pas bien intéressant pour nous. D'autant plus que pour ces locations saisonnières il a forcément des périodes de l'année pendant lesquelles il n'y a pas beaucoup de demande.

— Tu vois que j'avais raison d'être dubitative sur l'intérêt financier d'un tel placement.

— Oui. Je vais donc chercher d'autres pistes. J'ai entendu parler par des collègues d'avantages fiscaux pour des placements dans des résidences pour étudiants ou dans des maisons de retraite.

— Ah oui, ça me dit vaguement quelque chose. Tu devrais demander à mon oncle Octave. Il a fait carrière dans la banque comme tu sais, et, bien qu'il soit à la retraite depuis pas mal de temps, il doit avoir des idées sur la question.

— Hum. J'aime autant ne pas trop ébruiter ces recherches. On pourra voir éventuellement quand j'aurais un peu plus avancé.

L'été venu. Ils retournent en vacances à la montagne, là où ils avaient leurs habitudes. Clarisse aurait bien voulu changer de lieu parce qu'elle avait encore dans un coin de l'esprit les tristes péripéties des vacan-ces.de l'année précédente.

— Et si nous changions de destination ? Ça fait des années que nous allons à la montagne. C'est bien beau la montagne mais tu sais que je préfère la mer et ça fait très longtemps que nous n'y sommes pas allés.

— C'est vrai. Mais à la mer il y a toujours beaucoup de monde ce qui est assez désagréable. D'autre part, c'est plus cher.

— La Corse, l'Espagne ou la Tunisie par exemple ne présentent pas autant ces inconvénients.

— C'est exact. Mais la mer ne vaut pas la montagne et notre destination habituelle nous convenait très bien . Il n'y a pas de raison d'en changer.

— Si ! Il y en a au moins une qui ne manque pas de poids. Le changement est bien plus enthousiasmant que la routine. Tu ne crois pas ?

— Non. Ce n'est pas toujours vrai. Et puis je préfère de très loin notre solution habituelle.

— Et bien, écoute puisque tu insistes. J'aurais bien aimé que, pour une fois, tu tiennes un peu plus compte de mes désirs. Mais, va pour la montagne.

— Parfait. D'ailleurs j'ai déjà retenu.

— Tu ne manques pas de culot, mon cher.

Quelques semaines après leur retour de vacances. Tanguy, tout excité, aborde à nouveau la question d'un investissement immobilier.

— Ça y est. J'ai trouvé exactement ce qu'il faut.

— Ah, bon. Tu as l'air bien sûr de toi. De quoi s'agit-il ?

— Il faut utiliser les possibilités offertes par le dispositif Scellier.

— Ah oui ?

— Oui ! J'ai d'abord étudié les autres alternatives dont je t'avais parlé la dernière fois. Investir dans des résidences de retraite ou pour étudiants. Mais ça ne vaut pas le Scellier.

— Bon, c'est quoi ?

— C'est simple. Il s'agit d'avantages fiscaux pour un investissement dans un appartement qui sera donné en location pendant un minimum d'années. Il y a une diminution d'impôts sur le revenu équivalente à une partie du prix du logement et étalée sur plusieurs années.

— C'est aussi simple que ça ?

— Pas tout à fait, il y a quelques contraintes en termes de loyer maximum selon la localisation du bien. Et quelques autres bricoles. Il y a des sociétés qui se chargent de tout : recherche du bien, location etc….

—Hum. Il semble que ce soit intéressant. Mais, nous n'avons pas suffisamment d'argent disponible. Il va falloir emprunter.

— C'est exact. Mais les loyers permettent le remboursement des mensualités du prêt.

— Bon, si tu crois que c'est valable.

Il se lance donc dans le projet avec beaucoup de fou-
-gue, consultant des sociétés proposant des biens dits Scellier et prenant l'attache de banquiers. Mais pas celle

de l'oncle Octave qu'il sait pourtant compétent.

Selon son habitude, il ne se tourne pas vers la solution qui pourrait être la plus raisonnable. Pensant que l'acquisition pourrait avoir un air étriqué, il préfère voir un peu grand.

Il choisit donc un appartement de trois pièces, avec un parking, dans une ville éloignée de leur domicile qu'il ne connaît pas mais dont son interlocuteur lui a vanté habilement le dynamisme.

La négociation du prêt immobilier se fait sur la base d'un prêt en compte joint entre époux pour la totalité de l'achat, y compris ce qu'on appelle couramment les frais de notaire. Ainsi, les échéances de prêt dépassent nettement le montant du loyer et, même compte tenu de l'avantage fiscal, il reste un solde non couvert.

— Voilà, j'ai monté le dossier. Le bien à acquérir est trouvé et le banquier propose un prêt.

— Je me demande quand même si on ne devrait pas en parler avec l'oncle Octave.

— Ce n'est pas utile puisque ça ne pose pas de problème au banquier.

Quelques jours après, il aborde à nouveau le sujet :

— Il y a un petit problème à régler avant d'aller chez le notaire. Je souhaite que cet achat se fasse dans la proportion inverse de celle retenue pour la maison. Cela rétablira l'équilibre entre nous et, d'autre part, c'est plus équitable puisque mon salaire est supérieur au tien dans des proportions équivalentes.

— Tu es sûr que c'est possible ? La proportion des apports ne me paraît pas respectée.

— Mais si. En effet, le compte joint est alimenté par nos salaires dans la proportion que j'indique.

— Oui, mais. Si je ne me trompe pas, les fonds en dépôt sur un compte joint sont réputés appartenir par parts égales à chacun des cotitulaires.

— Peut-être. J'en ai parlé au notaire. Il n'est pas enthousiaste pour faire cela mais il ne voit pas d'obstacle juridique à condition que les parties soient d'accord.

— Bon. Pour t'être agréable et parce que je vois que tu tiens particulièrement à cette espèce d'équité, j'accepte qu'il en soit ainsi. Je te fais remarquer, toutefois, que ce n'est pas dans le principe du compte joint et que je t'accorde, ce faisant, une faveur. J'espère bien que je n'aurais pas à le regretter un jour.

Dans la tête de Tanguy trotte, depuis fort longtemps, l'idée d'être son propre patron et donc de créer une entreprise. Il en parle très régulièrement. Surtout quand il est contrarié par des décisions prises par son patron alors qu'il a une vision différente. Il décide un beau jour qu'il est temps de passer à l'acte. Il en parle à Clarisse.

— Tu sais, j'ai toujours ce projet de création d'entreprise. Je m'en sens totalement capable.

— Oui. Mais il te faudrait quand même une formation spécifique. C'est un métier. Tu devrais aller te renseigner à la Chambre de Commerce.

— Je verrai. D'abord, il faut que je réfléchisse à une activité.

— Pourquoi pas dans le métier que tu exerces actuel-

-lement ?

— C'est assez bouché. Il y a de très grosses boîtes et une myriade de petites dont beaucoup vivotent.

— Tu te verrais bien dans quoi ?

— Je ne sais pas trop. Quelque chose que j'aime. Par exemple le secteur du 4x4, ou le bricolage.

— Poursuis donc ta réflexion.

— Il y a le salon de la franchise ce week-end. Je pourrais aller y faire un tour.

— C'est une bonne idée. Je t'accompagne.

— D'accord.

Au salon, ils se retrouvent face à une abondance d'exposants. Ils commencent le tour et arrivent devant le stand d'une entreprise d'importation de véhicules.

— Tiens voilà un truc qui devrait me convenir.

— Tu crois ?

— Oui. Le secteur de l'auto me plaît beaucoup. Tu sais que j'ai toujours eu un penchant pour ça, pas seulement pour le 4x4.

— Alors allons voir.

L'exposant leur fait l'article, donne beaucoup

d'explications et leur remet une documentation fournie.

— Bon. Écoute, ce n'est pas nécessaire de continuer la visite. Je crois que j'ai bien trouvé ce que je veux.

— Puisqu'on y est, nous pourrions voir si tu trouves autre chose qui serait encore mieux.

— Franchement, ce n'est pas nécessaire. Je suis convaincu que c'est ce qui me convient. Tu verras, je vais m'éclater et bien gagner ma vie.

— J'espère bien.

Dès la semaine suivante, Tanguy met le processus en route. Il contacte un cabinet d'avocats pour la rédaction des statuts de la société qu'il veut créer et un cabinet comptable pour établir un dossier de demande de subventions à la création d'entreprise.

Le franchiseur organise des sessions de formation pour les futurs franchisés. Ces séances portent essentiellement sur le "produit" et donne des indications sur les techniques de vente, en s'appuyant très largement sur les pratiques de ceux qui sont déjà installés. La gestion financière est abordée rapidement, un simple survol.

— Mon projet avance bien. Je vais pouvoir bientôt

me lancer.

— Tu sais qu'avant qu'une entreprise en création commence à rapporter, il faut du temps. Rappelle-toi les conversations que nous avons eues avec des amis et des cousins.

— Oui, je sais. Mais il ne faut pas être pessimiste sinon on ne bouge pas.

— J'espère que ma période de chômage va bientôt se terminer. Il serait peut-être pertinent d'attendre que j'aie retrouvé du travail avant de te lancer.

—Écoute. C'est à l'âge que j'ai qu'il faut que je me lance. Si j'attends encore il sera trop tard.

— Je cherche activement un emploi. L'attente ne sera pas forcément longue.

— Je souhaite qu'elle soit très courte. J'ai bon espoir car ton CV est bon. Donc il n'est pas utile que je retarde ma création d'entreprise.

— Laissons quand même passer la fin de l'année. Il faudra un délai avant de pouvoir quitter l'entreprise qui t'emploie.

— Bien sûr. Je suis en train d'explorer la piste de la rupture conventionnelle. Tu te souviens que quelqu'un nous en a parlé.

— Oui, je me souviens parfaitement. C'est vrai que

ça paraît intéressant. Continue ton exploration et évite surtout de rester superficiel.

La question de l'implantation de l'entreprise n'a pas encore été abordée. Mais Tanguy a quand même une idée en tête, une sorte de rêve.

— Où comptes-tu t'installer pour démarrer ton activité ?

— J'ai à l'esprit un lieu idéal.

— Il existe ? C'est où ?

— Sûrement, il doit exister. Mais je ne sais pas encore où. L'idéal serait une boutique avec une vitrine et surtout de quoi stationner deux voitures. Le local doit permettre de créer au moins deux bureaux, un pour moi, un peu spacieux et un pour l'assistante.

— Tu te vois déjà avec une assistante ?

— Il faut bien. Ça donne de l'allure à l'entreprise. Il est bon d'avoir, selon la formule consacrée, pignon sur rue, et donner l'impression d'une affaire prospère pour que le client soit mis en confiance.

— Donc tu pars là-dessus ? Tu cherches ce genre de local ?

— Non. Pour le début, je vise quelque chose de plus

modeste. À vrai dire, je rêve de ce dont je viens de parler. Cependant, je crois plus raisonnable de commencer par travailler à la maison. Une adresse postale, un numéro de téléphone et une adresse mail. C'est le minimum et je pense que c'est suffisant pour débuter.

— C'est le minimum nécessaire, en effet. Mais est-ce véritablement suffisant ? Si on ne met pas de limite entre le domicile et le bureau, il y a un grand risque de démarrer la journée de travail à une heure tardive, voire très tardive. Ensuite, dans la journée, il peut y avoir des tentations comme une émission de télé sympa, ou s'accorder une petite pause pour bricoler au jardin. Je ne crois pas que ce soit une idée très réaliste. Une copine m'a parlé d'une pépinière d'entreprises. Par principe, les loyers ne sont pas élevés, un standard téléphonique est assuré et, d'autre part, ce qui est paraît-il intéressant, on peut échanger avec les autres locataires sur des problématiques communes aux créateurs d'entreprises.

— J'en ai entendu dire aussi beaucoup de bien. J'hésite à ne pas économiser les frais de loyer.

— Ce sont des frais, mais si on gagne en efficacité ils sont amortis.

— Tu as raison. Je vais voir.

La procédure suit son cours. Les aides à la création d'entreprise sont accordées. Les statuts sont rédigés. Le montant du capital, réuni. L'inscription au Registre du Commerce est faite en début d'année.

L'aventure peut commencer.

On pouvait penser à un démarrage sur les chapeaux de roue. C'était bien le moins pour le secteur de l'automobile. Se faire connaître. Chercher des supports de publicité. Démarrer des sessions de phoning.

Eh bien non ! L'urgence est d'installer le bureau. Aller voir des marchands de mobilier dont IKÉA qui sera retenu. Monter les meubles dont le nombre est bien supérieur à ce qui avait été sous-entendu au moment du choix du local. Un bureau, bien sûr, avec son fauteuil, deux fauteuils visiteurs plus une banquette, une armoire et un meuble classeur. Tout cela prend une semaine.

Un cousin et une ancienne collègue de travail viennent donner un coup de main. Des copains sont conviés à inaugurer le local où coule le champagne. Ils se demandent quel est vraiment le statut de la jeune femme, en raison de la façon dont elle se comporte avec Tanguy, même si celui-ci tente d'accréditer l'idée que c'est la copine du cousin qui finit par lui dire : « de quoi tu parles ? Je l'ai rencontrée ici, je la connais à peine. »

Une fois le bureau installé, place à la publicité. Par relation, Tanguy réussit à avoir un article dans le journal local. Par ailleurs, il passe des annonces dans des journaux distribués gratuitement.

Il existe des voitures aux couleurs de la marque dont il est franchisé. Il croit que cela peut avoir un bel impact. La société emprunte donc, avec la caution de l'épouse, pour acheter une voiture, un modèle que convoitait Tanguy depuis longtemps. Voiture qui ne sera pas énormément vue par le public parce qu'elle roulera peu et sera stationnée devant la pépinière d'entreprises ou devant le domicile.

Des banderoles sont apposées dans certains clubs sportifs locaux, pas très fréquentés car souvent ils

Sont considérés comme élitistes.

Un stand est loué dans la foire locale sur lequel des affiches sont apposées. Des prospectus sont distribués et parfois des conversations sont engagées.

Rien d'autre n'est mis en place pour faire connaître l'activité. Ni démarchage téléphonique, ni pose de flyers sur les parebrises.

Quelques transactions ont été faites. Les clients étant essentiellement des relations. Mais il n'y a pas eu réellement de démarrage de l'activité. La publicité n'a pas eu les résultats qui avaient été escomptés avec une certaine naïveté.

Au bout de moins d'un an, l'activité est arrêtée et l'entreprise est mise en liquidation.

Envolés le rêve et les illusions.

Pendant cette période, l'attitude de Tanguy reste celle qui prévalait à son retour. Je suis là, sans trop y être. Je participe au minimum à la marche de la maison.

L'attention de Clarisse a été attirée sur son com

-portement à plusieurs reprises.

Bien sûr, elle n'a pas été dupe au pot d'inaugu--ration du bureau. Elle a donc mis les choses au point.

Plusieurs fois, le téléphone mobile de Tanguy a sonné en présence de Clarisse. Après avoir jeté un coup d'œil rapide, il raccrochait en disant :"c'est un client, je rappellerai". Attitude particulièrement surprenante quand les clients sont rares. Un empressement à répondre paraîtrait bien plus approprié à la situation. Comment croire que c'était réellement un client ? Ça ne pouvait être qu'une personne dont il ne pouvait pas prendre la communication devant elle, une femme probablement.

Une fois, c'était un SMS reçu pendant que Tanguy était sous la douche. Elle a lu le message qui était très clair « tes bras me manquent, j'attends tes caresses vicieuses en pensant à nos étreintes passées, je t'embrasse tout partout ». Quand elle l'interpella en lui montrant le message, il répondit : c'est ma banquière, elle s'est trompée de numéro. Comme si la banquière avait le numéro de téléphone d'un de ses clients sur un appareil qu'elle utiliserait pour des messages très privés. Un "beau" mensonge !

Mais, Clarisse n'arrive pas à deviner quelle per-

-sone cherche à le joindre.

■

Un jour de février, Tanguy annonce qu'il passe le prochain week-end avec des copains. C'est le moment où les enfants partent au ski.

Il ne revient à la maison que le lundi matin. Le jeudi, il dit à Clarisse qu'en réalité il n'était pas en week-end mais avec Fernande, la femme pour laquelle il est parti la dernière fois. Il ajoute qu'il quitte à nouveau la maison pour retourner vivre avec elle.

— Je ne suis pas surprise, compte tenu de ta façon de te comporter. Par exemple, quand ton téléphone sonnait et que tu raccrochais sans répondre sous prétexte que ce n'était qu'un client ou quand ta soi-disant banquière te laissait des messages amoureux. Tu es le roi des hypocrites et des menteurs. Autrement dit un vrai salaud. As-tu au moins un peu réfléchi avant ?

— Ces choses-là on les fait sans réfléchir sinon on ne les fait pas.

— Voilà une formule bien curieuse. Autrement dit, puisque la réflexion risque de montrer qu'on fait une bêtise, il vaut mieux foncer tête baissée. Bravo. De pire en pire.

— J'y vais.

— Avant que tu partes, peux-tu me dire pourquoi tu es revenu vivre avec nous ?

— Pour le confort et la sécurité.

— Va, fiche le camp.

Une dizaine de jours après, les enfants ne sont pas encore revenus de leur séjour au ski, Clarisse est invitée à dîner par des amis. Quand elle rentre, vers 23 heures, elle trouve Tanguy en pyjama devant la télévision.

— Que fais-tu là ?

— Ses parents viennent passer quelques jours chez elle. Comme ils ne savent pas encore que nous vivons ensemble, il ne faut pas qu'ils me trouvent chez elle.

— Alors tu viens chez moi !

— Ne t'en fais pas c'est juste pour quelques jours. J'ai fait le lit dans la chambre d'amis et j'y dormirai.

— Tu es parti. C'est ta décision, tu dois en assumer les conséquences. Tu n'as rien à faire ici.

— Où veux-tu que j'aille ?

— Ce n'est pas mon problème. Tu es parti, débrouille-toi.

— Juste pour cette nuit. J'ai mis en route la machine à laver avec mes affaires.

— Tu as tous les culots. Tu vas arrêter la machine, récupérer le linge qui y est. Ensuite tu pars, et en vitesse.

Il rouspète, ne cache pas sa colère et part en claquant violemment la porte.

En fait, la raison pour laquelle il était retourné à la maison n'était pas la venue des parents de sa compagne. Elle l'a mis à la porte, tout simplement.

Il aurait sans doute mieux fait de réfléchir avant de se décider. Cela lui aurait probablement évité de se laisser manipuler par cette femme.

Il se retrouve donc seul, hébergé chez une tante.

À l'occasion d'un repas chez une relation commune, il fait la connaissance d'une dame. Elle a un âge proche du sien et travaille dans le même secteur d'activité que celui dans lequel il œuvrait avant de créer son entreprise.

Ils sympathisent. Le hasard fait qu'ils se rencontrent à nouveau. Ils décident de se revoir et, au bout de quelques semaines Tanguy s'installe chez elle.

En rentrant avec ses enfants de chez la-mère de Tanguy, chez laquelle ils ont passé quelques jours de vacances, dans le train, peu avant d'arriver, il leur dit qu'il vit désormais avec une dame qui a trois enfants. Il leur indique qu'elle sera à la gare pour faire leur connaissance.

Il prend bien soin de leur préciser qu'il ne faut pas en parler à leur mère.

À leur arrivée chez eux, ils se hâtent de rejoindre leurs chambres pendant que leurs parents échangent quelques mots.

Dès le départ de Tanguy, ils se précipitent en pleurs vers leur mère

—Qu'est qu'il y a ? Pourquoi pleurez-vous comme ça ?

— Papa ne t'a rien dit. Il nous a dit de ne pas t'en par--ler.

Clarisse se précipite sur le téléphone

— Tanguy ! Les enfants sont en pleurs. Ils s'étonnent que tu ne m'aies rien dit et me disent que tu les as invités à ne pas m'en parler. Qu'est-ce que c'est que cette his-

-toire ?

— Oui, je voulais t'en parler moi-même. Je pensais qu'il était mieux que ce ne soit pas en leur présence.

— Arrête ton discours alambiqué pour tourner plus longtemps autour du pot. Tu pouvais très bien me dire tout à l'heure ce que tu avais à me dire, puisqu'ils étaient dans leurs chambres. Alors ?

— Eh bien, voilà. J'ai rencontré une femme. Nous avons tout de suite sympathisé et nous vivons ensemble.

— Mais tu la connais depuis longtemps. Tu la connaissais avant de me quitter et tu m'as encore raconté des bobards quand tu m'as dit que tu partais pour l'autre.

— Non, je ne t'ai pas menti.

— Pour une fois ! C'est étonnant.

— C'était bien pour Fernande. Elle m'a supplié de revenir vivre avec elle parce qu'elle ne pouvait pas se passer de moi.

— Et qui t'a foutu dehors au bout de même pas une semaine ?

— Oui.

— Bravo ! Tu t'es bien fait avoir. Un vrai crétin manipulable. Et celle-là, tu as fait sa connaissance de-

-puis ?

— Oui, je t'assure. Je l'ai rencontrée chez une relation commune.

— Tu ne la connaissais pas il y a deux mois et maintenant vous vivez ensemble ?

— C'est ça.

— Quelle rapidité ! En tous cas, n'oublie pas de tout faire pour que les enfants ne pâtissent pas de ton comportement.

— Ne t'en fais pas.

Clarisse console les enfants. Elle leur parle longuement. Ils se disent soulagés de ne plus avoir à lui cacher quelque chose. Ils finissent par s'apaiser.

Elle prend rendez-vous avec le psychologue pour une consultation avec les enfants.

Tanguy vient prendre les enfants pour un week-end, dès le vendredi soir. Il dit, devant eux, qu'ils dormiraient chez sa tante.

Clarisse rencontre la tante le samedi après-midi. Elle en profite pour contrôler habilement si elle a reçu Tanguy et les enfants. Ses soupçons sont confirmés, c'est effectivement un mensonge.

Il ne s'est pas posé la question de savoir s'il était

utile de préparer les enfants à séjourner dans un nouveau foyer. Non seulement, il ne l'a pas fait mais, en plus il leur a menti sur leur destination du soir.

Il ment extrêmement souvent. Et de façon très spontanée de sorte qu'il n'a pas le temps de peaufiner ce qu'il dit et qu'assez souvent il s'emberlificote dans des histoires invraisemblables. De ce fait, il est parfois démasqué. Malgré cette attitude, sa famille ne met pratiquement jamais en doute ce qu'il affirme. Bien évidemment, cela l'encourage à persévérer Il est vrai qu'il n'est pas le seul en son sein à pratiquer ainsi.

Il débarque inopinément chez des cousins avec sa nouvelle compagne. Ils sont tellement surpris qu'ils l'appellent Clarisse.

Lucien et Clémentine se retrouvent un week-end sur deux, avec leur père, chez sa compagne. Il y a trois enfants, de deux pères différents, et le dernier a de sérieux problèmes de santé. La maison n'est pas très vaste, et il n'y a pas de chambre pour eux. C'est sans transition et sans préparation qu'ils sont confrontés à cette situation qu'ils ressentent comme violente, même s'ils n'en parlent pas. Il aurait été certainement préférable qu'il y ait une préparation et une progressivité, mais, fidèle à lui-même, Tanguy ne s'est préoccupé de rien. Il a retenu la solution qui lui convenait. À lui, les autres il s'en fiche complètement.

    Face à cela, les enfants se rapprochent à tel point qu'ils ont tendance à se tenir ensemble, voire à se replier sur leur paire y compris quand ils sont avec leurs cousins.

Toujours dans son habitude de se faire mousser. Peut être simplement de s'autosatisfaire, il joue les bons pères. Mais, comme il n'aime pas particulièrement se compliquer la vie, il déraille de temps en temps.

    Ainsi, un week-end où il a la garde des enfants, il les prend, bien qu'il soit invité le samedi, à un maria- -ge, avec sa compagne. Ils les confient à une personne qu'ils ne connaissent pas particulièrement et ne les récupèrent que le dimanche matin. N'aurait-il pas été plus judicieux, pour le bien-être des enfants, qu'il demande à Clarisse un aménagement de la garde ?

    D'autant plus que pour le Noël précédent, alors

que les enfants devaient être chez leur mère la première semaine, il a sollicité de les avoir le premier week-end, pour faire une anticipation des fêtes chez la sœur de sa concubine. De fait, il n'y a rien eu de particulier. Contrairement à ce qui était convenu, il les a ramenés à Clarisse le dimanche en soirée au lieu de midi.

En arrivant, Lucien s'est jeté en pleurs dans les bras de sa grand-mère. Le lendemain matin, il se plaignait de douleurs au ventre. Le médecin l'a fait conduire aux urgences.

Comme il a de la disponibilité, puisqu'il est au chômage, il s'est proposé pour accompagner la classe de Clémentine à une visite de musée. Il ne s'est pas présenté le jour venu sans prévenir ni l'école, ni sa fille.

Ils organisent quelquefois des « marathons vidéos » pour regarder des séries américaines. Cela se concrétise par des heures passées devant un écran de télévision et des couchers tardifs. Par zèle, quand la série est déconseillée au moins de 12 ans, les enfants concernés sont écartés.

Une fois, une alerte sonne sur le téléphone mobile de Lucien - ancien appareil de son père -et sur l'écran s'affiche une alerte pour l'anniversaire de Fer--nande, le prénom de la femme pour laquelle il est re-

-parti de chez lui.

Un samedi, la famille recomposée – formule dont Tanguy et sa compagne se gargarisent - va faire des courses dans une galerie marchande. Des vêtements sont achetés pour les enfants de la concubine et pour eux seuls.

Alors que la garde des enfants était dévolue à leur père par le calendrier préétabli, il dit à Clarisse :

— Ce week-end, nous ne serons pas chez nous.

— Pas de problème, je les garderai.

— Attends. J'ai une solution, une copine de ma compagne, un peu foldingue mais bien avec les enfants, viendra garder les siens, donc aussi les nôtres.

— Il est hors de question qu'ils soient chez vous si aucun de vous n'y est. Et tu remarques que je te le dis devant eux. Tu as compris !

— Bon, bon.

Une fois où Tanguy aurait dû prendre les enfants il saute son tour, parce que, a-t-il dit, il avait une obligation avec la fille de sa compagne.

Il ne prévient jamais les enfants à l'avance de ce qui est prévu. C'est notamment le cas à propos des vacances. Et pas seulement avec Clarisse. À tel point que sa mère a dit une fois à Clarisse : c'est tellement compliqué avec Tanguy pour que je puisse avoir les enfants qu'il serait mieux que ce soit quand ils sont avec vous que je les aie.

Clarisse estime que c'est à Tanguy de déclencher la procédure de divorce puisque c'est lui qui a rompu le lien conjugal. C'est d'ailleurs ce qu'il avait commencé lors de son premier départ.

Faute qu'il agisse, au bout de quelques mois, elle décide de prendre les choses en main. Elle prend donc rendez-vous avec un avocat. À cette occasion, elle découvre, par les propos de la secrétaire, que Tanguy avait, effectivement, engagé une démarche en ce sens à l'époque où il était parti la première fois.

L'avocat écrit à Tanguy. Il se montre contrarié, mais il lui faut bien répondre. Il contacte alors une avocate. Par son intermédiaire, il fait des propositions en matière de garde d'enfant et de pension alimentaire. En, effet, il n'a encore jamais versé de pension alimentaire depuis son départ, au prétexte qu'il n'était pas solvable. Ce qui, soit dit en passant, aurait dû blesser son amour propre et la belle vision qu'il veut donner de lui. Mais, l'amour de l'argent paraît triom-

-pher, dans ce cas au moins.

Du fait que des biens immobiliers sont détenus en commun, il est nécessaire, avant d'aller plus loin, de faire cesser ces indivisions. Naturellement, ils demandent au notaire par l'intermédiaire duquel ils ont effectué les achats de se charger des formalités de partage des biens. Celui-ci prépare un acte dans lequel il y a un déséquilibre évident entre les parties au détriment de madame. Sur les conseils de son avocat, elle refuse de signer cet acte.

— Pourquoi as-tu refusé de signer ?

— C'est sur les conseils de mon avocat auquel j'ai donné le projet à lire. Au passage, je te signale que j'ai dû batailler pour en avoir une copie avant le rendez-vous. Était-ce pour éviter que j'en prenne connaissance au calme et que je consulte ?

— Je ne vois pas pourquoi cette suspicion.

— C'est pourtant légitime. En effet, ce projet est léonin en ta faveur.

— Je ne comprends pas ce mot de léonin, je n'ai pas fait de droit.

— C'est tout simple. Ça fait référence au lion, l'animal.

— Je ne vois pas en quoi ce projet correspond à cela.

— Ne te fais pas plus bête que tu n'es. C'est parfaitement clair et ton copain notaire, lui, n'est pas clair. Le paragraphe prévoyant que tu reprends la totalité de la propriété de l'appartement Scellier et le solde du prêt, est assorti d'un autre paragraphe, d'ailleurs curieusement pas placé à la suite, dans lequel il est prévu que je reste solidaire de ce prêt et que dès le premier incident de payement le banquier peut me demander, le remboursement intégral. Il suffit donc que tu ne payes pas une seule échéance pour que tu sois propriétaire en n'ayant réglé qu'une partie de l'achat.

— Mais non. Tu ne dois pas bien comprendre et puis pourquoi je ne paierais pas les échéances ?

— C'est moi qui ne comprendrais pas ? Je te rappelle que j'ai consulté mon avocat qui est parfaitement capable de comprendre. Et, je te rappelle aussi qu'au cours de mes études j'ai fait du droit. Quant au non-paiement des échéances, c'est une bonne question. Et pourquoi tu n'as pas payé de pension alimentaire dès ton départ ? Et pourquoi tu ne paies plus depuis quelques mois celle que tu as toi-même fixée ?

— Tu le sais bien, en ce moment, je ne peux pas, je suis insolvable.

— Et malgré cela tu pourrais payer, sans incident, les

échéances du prêt immobilier ? Arrête ton char. Tu cherches bien à me rouler, tout simplement.

Il est donc nécessaire de remettre sur le chantier la préparation de cet acte. Pour cela, il faut prendre contact avec le banquier qui a financé la dernière acquisition du couple. Tanguy montre une fois de plus qu'il est particulièrement doué pour faire trainer les choses. Il tarde pour prendre rendez-vous. Ensuite, il propose des garanties à l'évidence inacceptables pour un banquier, comme la caution d'un sénior.

Puisque ça se prolonge et que, d'autre part, le notaire s'est révélé ne pas être à la hauteur, Clarisse prend contact avec un autre notaire qui fait une proposition équitable. L'inertie continue à jouer. Peut-être même que Tanguy et son notaire additionnent leurs procrastinations.

Malgré tout, une solution est trouvée pour la rédaction d'un acte équilibré. Il y a toutefois une petite condition mise par le banquier empêchant la signature en l'état et qu'il appartient à Tanguy de faire lever. Sans surprise la passivité se poursuit.

Clarisse est victime d'un accident de la circulation. Elle est amenée dans un hôpital à une cinquantaine de kilomètres de son domicile.

Souvent, Tanguy conduit les enfants la voir le week-end. Une fois, il arrive tout joyeux, pour annoncer avec un air radieux, qu'ils viennent, sa compagne et lui, d'acheter une nouvelle maison. Et, il la décrit avec un grand enthousiasme et beaucoup de bagout. Il ressemble à un bon imitateur parodiant un vendeur de Téléachat.

— Il y a six chambres, comme ça les enfants pourront avoir chacun la leur. Un très joli jardin avec une très mignonne petite gloriette et au fond des garages. Le salon est vaste, très lumineux avec, bien sûr, la vue sur le jardin. À l'évidence, il ne se rend absolument pas compte qu'il peut blesser Clarisse en donnant l'impression que si elle souffre, lui est bienheureux car, comme d'habitude, il est tellement infatué de lui-même qu'il se met en valeur.

Clarisse, en dépit des soins reçus, s'affaiblit. Ce week-end-là, il est tout guilleret. Quand Lucien et Clémentine quittent la chambre, il lâche qu'avant de venir il est passé voir Adèle à la maternité où elle vient de mettre au monde une petite fille et qu'il en est ravi. C'est d'une énorme indélicatesse, puisqu'il est question d'une de ses anciennes maîtresses et qu'il sait parfaite---ment que Clarisse n'ignore pas cela.

Il y a là soit une vraie inconscience soit, plutôt, une forte dose de perversité.

Clarisse décède le lendemain.

Tanguy est donc veuf. Il a bénéficié ainsi de l'avantage dont sa mère avait un jour parlé à Clarisse : « il vaut mieux être veuve que divorcée ».

Elle n'aura pas eu le temps de divorcer comme elle le souhaitait. Elle n'a pas voulu être trop agressive dans ses démarches, de manière à épargner à ses enfants le spectacle d'un couple en train de se déchirer, et Tanguy en a profité sans scrupule pour faire traîner.

D'autant plus qu'en l'absence de jugement de divorce, il était à l'abri d'éventuelles poursuites et saisies pour non-paiement de pension alimentaire, ce dont il a plus que largement profité pour s'exonérer de ce qui était la moindre des choses vis-à-vis de ses enfants. C'est le signe d'une absence totale de scrupule, dès lors qu'il y a de l'argent en jeu.

Tanguy, veuf, se retrouve alors en charge des enfants, ayant légalement l'autorité parentale et la tutelle sur leurs biens, y compris ceux dont ils héritent de leur mère.

Naturellement, il les fait venir vivre chez lui. Ils se retrouvent, donc en permanence avec la concubine et ses trois enfants. Leur tendance à se soutenir mutuellement en se rapprochant prend de l'ampleur et ils ont encore plus de propension à se grouper quand ils se retrouvent avec des tiers, y compris en famille.

Ils donnent l'impression de ne pas être ravis de cette situation, mais ils ne font jamais état de ce malaise auprès de leur famille de sang. Ils cloisonnent totalement.

Tanguy éloigne les grands-parents maternels de ce qui a trait à la succession en leur adressant une brutale lettre recommandée avec accusé de réception. Il y réclame aussi les clés de la maison sous huitaine et envoie, le jour même, un message électronique, informant qu'il a fait changer la serrure. Les enfants n'ont plus accès à la maison, sauf pour une visite rapide, accompagnés par leur père, quand il y a nécessité de récupérer quelques affaires.

Il montre beaucoup de mauvaise volonté pour mettre en place la possibilité pour les grands-parents maternels de voir leurs petits-enfants. En particulier, il revient par un message électronique sur l'accord trouvé la veille au cours d'une conversation.

Il n'hésite pas à faire pression sur les enfants pour qu'ils refusent de passer une semaine au ski, à laquelle les grands parents les invitaient. Le prétexte est le besoin de repos et les devoirs à faire. La preuve de cette manœuvre en est que l'un des enfants a dit « nous serions venus volontiers » et l'autre « c'est nous qui avons choisi ».

Les parents de Clarisse ont eu connaissance de la manière dont Tanguy s'est comporté jusque-là en matière de gestion. Compte tenu du montant relativement élevé de la succession et de leurs craintes fondées sur des faits précis et avérés, ils ont donc alerté le Juge des Tutelles. Celui-ci en a avisé Tanguy et lui a imposé des contrôles renforcés.

Pour persévérer dans son attitude consistant à faire croire qu'il est un bon père, il saisit les moindres prétextes de nécessité de travail scolaire pour refuser de les laisser aller avec leurs grands-parents. Même pour rencontrer des oncle et tante vivant dans un pays lointain, et de passage en France chez la marraine de l'un des enfants qui habite à une heure de voiture de chez eux.

Il ne peut toujours pas s'empêcher de prendre des décisions plus que maladroites à l'égard des enfants, déjà perturbés par le décès de leur mère. Il décide d'inscrire Clémentine à la rentrée scolaire suivant le décès dans un collège, certes dans la ville où ils vivent, mais où elle ne connait personne, alors que la fréquentation du collège précédent dans une ville située à trente kilomètres n'avait pas posé de problème et que Lucien reste dans le lycée de cette ville.

Quand des parents d'amies de Clémentine lui font remarquer que cela ne parait pas raisonnable après le grand traumatisme de la disparition de sa mère, pour justifier sa décision, avec son grand sourire et son air sympathique et charmeur, il se lance dans une logorrhée.

— J'ai, avec elle, rencontré les équipes pédagogiques du nouvel établissement. Elles me sont apparues de bien meilleure qualité que celles qu'elle a eues jusque-là. L'ambiance, générale fait une excellente impression, des voyages sont organisés et la réputation dans la ville est au top. Nous avons pu observer les élèves dans la cour de récréation, ils nous ont semblés véritablement très heureux. Les locaux sont récents et très lumineux, contrairement à ceux du collège où elle est.

Clémentine a beaucoup de difficultés pour s'adapter dans ce nouveau collège. Ses résultats sont nettement moins bons. Après deux mois, Tanguy se résout à la conduire au centre médico-pédagogique municipal.

Il aurait été plus inspiré de suivre les avis le mettant en garde !

Depuis qu'il a échoué dans sa tentative de créer une entreprise, Tanguy a lui aussi, comme beaucoup, des difficultés pour trouver un emploi. Il arrive à se faire embaucher en contrat à durée déterminée qui, comme dans la plupart des cas, ne débouche pas sur une embauche définitive. Pour sa recherche d'emploi il utilise, entre autres, le site Internet LINKEDIN. Il établit donc une fiche pour son curriculum vitae.

Si quelqu'un le connaissant consulte cette fiche, il sera tout de suite frappé par le fait qu'il y a une continuité parfaite dans son parcours professionnel en dépit de ses périodes de chômage.

D'autre part, les périodes durant lesquelles il a travaillé en CDD sont purement et simplement omises. Pour arriver à cela, les temps passés dans des emplois fixes sont allègrement prolongés. Sans penser aux contrôles éventuels des recruteurs potentiels. Enfin la description des postes occupés est généralement amplifiée par rapport à la réalité et peu en phase avec les études suivies. Ainsi, il se propulse directeur d'une des activités de l'entreprise ce qui est faux et, là encore vérifiable, ou encore, il écrit être responsable d'un pôle d'activité dans une petite structure qui en fait, d'après les renseignements trouvés sur le Net, a un chiffre d'affaires bien modeste pour ce qui est annoncé soit crédible.

Il avait trouvé un poste, en CDD, à un bon salaire dans une société installée à une cinquantaine de kilomètres de chez lui. Mais il trouvait que c'était bien loin. Aussi un soir, en rentrant, il a une conversation avec sa compagne.

— Ouf, je suis crevé. Je n'en peux plus. Tous ces kilomètres m'épuisent.

— Mon pauvre chéri. Ce n'est quand même pas la mer à boire !

— Mais si. Je t'assure. N'oublie pas que j'ai le dos fragile à la suite d'un vieil accident de moto.

— Non, je n'oublie pas, rassure-toi. Mais ta voiture

est confortable.

— Pas tant que ça, surtout quand les kilomètres s'accumulent.

— Eh bien, prends le train.

— Tu sais que ce n'est pas commode puisqu'il me laisse assez loin de la boite.

— Certes. Mais il y a des bus pour terminer le trajet.

— Oui, mais, les horaires ne sont pas pratiques.

— Hum ! Viens dans mes bras que je te console.

Il rencontre un ami.

— Alors, ton nouveau travail, comment ça va ?

— Bof, c'est bien loin de chez moi.

— Oui, peut-être. Mais tu m'avais dit que le poste était très intéressant.

— À l'usage, je suis moins enthousiaste. Mon patron ne m'a pas expliqué en détail ce qu'il attend de moi.

— Je pense que tu devrais lui faire des propositions et prendre des initiatives. Au salaire que tu m'as annoncé, ce doit être ce qu'il attend.

—Ouais, peut-être. Je vais y songer.

Prenant prétexte de la distance, il consulte un médecin pour obtenir un congé maladie.

De plus, comme il l'a souvent fait dans d'autres entreprises, considérant qu'à son poste il a droit à une certaine souplesse dans ses horaires, il se permet de ne pas les respecter correctement. Il utilise l'excuse de l'éloignement pour justifier ce comportement.

Comme il aurait dû s'y attendre, sa période d'essai ne se conclut pas par une embauche. Malicieusement, la fiche LINKEDIN fait état d'une période plus longue. Mais c'est au-delà de ce qui est autorisé par le Code du Travail pour un CDD.

Bien que sans travail depuis plusieurs mois, Tanguy change son vieux 4x4 pour un modèle plus récent et haut de gamme.

Les personnes au courant de sa situation marquent leur étonnement.

— Tu sais que Tanguy a changé de 4x4 ?

— Non ! Tu es sûre ?

— Oui, bien évidement. Sinon je ne t'en aurais pas parlé.

— Ben, ça alors. Mais, il me semble qu'il est au chômage !

— Oui. C'est bien ce qui me choque.

— Mais où peut-t-il prendre l'argent ? Je serais bien étonnée qu'il dispose d'une somme suffisante en banque. Dans sa situation, un crédit bancaire me parait totalement impossible.

— Peut-être a-t-il opté pour une location-vente ? C'est très à la mode en ce moment. Tu as certainement remarqué que les publicités pour les voitures à la télévision ne donnent pas le prix de vente mais la mensualité.

— Oui, c'est exact. Toutefois, j'ai du mal à croire qu'un chômeur puise être retenu par l'organisme financier. Surtout quand la mensualité est élevée comme ce doit être le cas pour la voiture dont tu parles.

— Aurait-il utilisé l'argent de ses enfants mineurs ? Je n'ose pas y croire. Mais….

— Tu penses qu'il a pu faire ça ?

— Je ne serais pas tellement étonnée Tu sais qu'il est un égoïste de grande envergure et, quand il s'agit de se faire plaisir, je crois que pratiquement rien ne peut l'arrêter. Les scrupules ne l'ont jamais étouffé.

— Ah oui ! À ce point tu crois ?

— Ben, je ne serais qu'à moitié surprise. D'autre part, il est possible qu'il considère cela comme un simple emprunt qu'il pense rembourser le moment venu.

— C'est une hypothèse qui se tient. Mais pour qu'il puisse rembourser il lui faudra un retour à meilleure fortune. Il a intérêt à chercher très activement un emploi.

Quand Lucien a eu 18 ans, les comptes de la gestion de ses biens exercée par son père lui ont été transmis.

Non seulement il y avait des négligences, en particulier dans le fait que la maison dont il a hérité en partie au décès de sa mère a été laissée plusieurs années quasi à l'abandon avant d'être finalement vendue, mais en plus quelques malversations.

L'indemnité décès versée par la Sécurité Sociale aurait dû l'être aux enfants et non au père puisqu'il ne vivait plus au domicile conjugal depuis plus de deux ans à ce moment-là.

Tanguy a emprunté à ses enfants des sommes sans verser d'intérêt alors qu'il aurait dû les placer pour les faire fructifier. Une partie reste d'ailleurs à rembourser.

Face aux reproches de Lucien, tout à fait justifiés, il prend une mine de chien battu et dans un long discours, à la fois emphatique et un peu filandreux, il tente de se justifier en évoquant, entre autres, son chagrin et ses difficultés professionnelles.

Évidemment, Lucien ne se laisse pas attendrir et exige que soient remboursées sur le champ les sommes encore dues. Il lui interdit aussi de continuer de se servir des fonds gérés appartenant à Clémentine. Pour bien se faire comprendre, il le menace de porter plainte.

À l'occasion d'un repas chez des amis, Tanguy a rencontré une ancienne collègue de travail.

— Tiens, Joséphine ! Qu'elle bonne surprise ! Je suis ravi de te revoir.

— Moi aussi, je suis contente de te revoir. Que deviens-tu depuis ce temps ?

— Oh ! Tu sais, c'est toute une histoire. J'ai fermé l'entreprise que j'avais créée à l'époque. La franchise que j'ai prise ne valait rien. Ça ne correspondait pas à ce qu'on m'avait dit.

— Ah bon. Et alors ?

— Et bien, c'est tout simple, J'ai retrouvé rapidement un emploi bien dans mes compétences. Puis, j'ai saisi différentes opportunités. J'ai pu ainsi, sans, interruption, continuer dans ce que j'avais l'habitude de faire.

— Bravo !

— Bof. Ça a été facile. Et toi alors ? Tu sais que tu es toujours belle comme un cœur. ?

— Et toi, toujours aussi flatteur ! Et toujours frimeur ! Moi, je suis toujours dans la même boite et tout va bien.

À quelque temps de là, Tanguy téléphone à Joséphine.

— Salut, c'est Tanguy ! J'ai été vraiment enchanté de t'avoir retrouvée à ce dîner, l'autre soir. J'ai été à la fois ravi et très ému de te revoir. Comment ça va ?

— Bien, je te remercie de prendre ainsi de mes nouvelles. Et toi ?

— Moi aussi, ça va toujours très bien. La routine. Et ton mari, comment s'appelle-t-il déjà ?

— Nous sommes séparés depuis quelques années.

— Ah ! C'est comme moi, j'avais quitté Clarisse. Elle est morte depuis à la suite d'un accident de la route.

— C'est terrible ! Un grand malheur ! Et tes enfants ?

— Ils sont avec moi depuis le décès. Ils poursuivent encore leurs études. Dis donc, j'ai été tellement content de te retrouver, je serai heureux de bavarder plus longuement avec toi. Ça serait sympathique de déjeuner un jour ensemble.

— Ben, écoute là on me demande. À plus tard. Salut.

Une quinzaine de jours plus tard, il rappelle Joséphine.

— Hello, c'est Tanguy !

— Oui ! Et alors, quel bon vent t'amène ?

— Le vent de la suite dans les idées ! Je t'avais proposé un déjeuner, ça tient toujours.

— Je me souviens parfaitement et je suis flattée.

—C'est une invitation normale car, comme ils diraient chez L'Oréal, c'est parce que tu le vaux bien.

— Que c'est bien dit ! Tu as conservé ton sens de la formule.

— Tu en doutais ?

— Non, bien sûr. Avec toi, il faut s'attendre à de subtiles flatteries. Un vrai séducteur !

— Merci de le reconnaitre. Alors ? Que dis-tu de mon invitation ?

— J'apprécie. Et je me laisse convaincre.

— J'en suis très heureux. Que dirais-tu de jeudi prochain ?

— Oui. Pourquoi pas ? Où ?

— Pas là où toute l'entreprise se retrouve, mais dans un restaurant un peu éloigné et bien agréable. Je te propose le Bec Fin.

— D'accord, à jeudi.

— Bien. À bientôt. Bisous.

Tanguy attend Joséphine devant le restaurant et l'accueille avec un grand sourire.

— Content de te voir ! dit-il en lui claquant la bise, Entrons vite, il ne fait pas chaud.

— C'est vrai !

Quand le garçon présente les cartes

— Apportez nous d'abord deux coupes de champagne comme apéritif.

— Tu y vas fort, Tanguy !

— Mais non, je suis tellement content. J'ai l'habitude de venir ici. Je te conseille vivement le rôti de magret de canard après une tranche de foie gras.

— Tu es sûr. C'est trop.

— Non, je t'assure que c'est ce qu'il nous faut. Tu verras, c'est très chouette. Et pour finir, ils ont un fort sympathique plateau de pâtisserie.

— Bon, puisque tu le dis.

— Tu préfères un vin blanc ou un rouge.

— Fais pour le mieux.

Il commande donc une demi-bouteille de Jurançon et un Cahors rouge.

— Tchin-tchin ! Quel plaisir de déjeuner avec toi. En plus ça nous rajeunis de quelques années.

— Oui, en effet ! C'est un plaisir partagé.

— Tu me disais l'autre jour que tu étais séparée de ton mari ?

— Oui, Depuis environ trois ans.

— Et tu vis seule ?

— Pas du tout. Mes enfants sont avec moi.

— Bien sûr.

— Et toi ?

— Après notre séparation avec Clarisse, j'ai trouvé une compagne.

— Et tu es heureux ?

— Pas vraiment. Mais c'est le confort et la sécurité. De plus elle s'occupe des enfants.

— Ah !

— Dis donc, parlons un peu de l'époque où nous avons travaillé ensemble. Tu te souviens que j'appré--ciais beaucoup ta compagnie.

— Oui. Tu étais tout à fait charmant à mon égard.

— Évidement ! C'est parce que j'étais très sensible à ton charme.

— Hum ! C'est quand même avec Fernande que tu as eu une relation qui t'as amené à quitter une première fois ton épouse.

— C'est vrai. Mais je te rappelle qu'elle était célibataire, contrairement à toi, alors.

— Exact. Si je me souviens bien, ça n'a pas duré bien longtemps.

— Ben oui ! Assez vite, j'ai pensé que de toutes manières je ne ferais pas ma vie avec elle.

— C'est un peu dommage que tu n'aies pas réfléchi avant plutôt qu'après. Si je me souviens bien. Tu connais ma bonne mémoire, je ne crois pas me tromper ; tu t'intéressais aux 4x4.

— Ta mémoire est bonne.

— Je pense toujours que la pratique de la conduite sur tous terrains doit être follement excitante.

— Oh ! Que oui ! Écoute, j'ai un nouveau 4x4, plutôt haut de gamme. Prends une après-midi de RTT et je t'emmène essayer.

— Ce sera avec un très grand plaisir.

Cette sortie en 4x4 est un réel succès. Tanguy en profite pour développer tout son charme. Et, après quelques semaines et plusieurs repas au restaurant, ils entament une relation.

De manière à pouvoir rencontrer Joséphine de temps en temps, Tanguy invente des obligations plus ou moins crédibles. Cela finit par préoccuper sa compagne qui se pose la question de sa fidélité.

— Dis donc, tu n'aurais pas une liaison. Je trouve que tu t'absentes un peu souvent, pour des raisons quelques peu futiles.

— Mais non, ma poulette. Que vas-tu chercher ? Je t'assure, je ne te dis que l'exacte vérité.

— Hum, est-ce vraiment exact ?

— Mais oui, mais oui.

— Tu me rassures.

— Tu peux l'être. Tu n'as aucune raison de te préoccuper.

Quelques jours plus tard.

— Il faut absolument que je me rende à la Préfecture pour me faire établir un certificat de nationalité française. Pôle Emploi m'a très vivement conseillé cette démarche.

— Ah ! C'est la première fois que j'entends parler de ça.

— Pourtant, je t'assure. Ça pourrait m'être demandé pour travailler dans une entreprise de surveillance. Le conseiller m'a parlé d'une boite qui pourrait rechercher un sous-directeur.

— Ma foi, bon. Ne traine pas trop.

— Le temps de l'aller-retour plus le temps d'attente aux guichets. Tu sais que c'est souvent long.

— À tout à l'heure.

— Dis donc Tanguy, je me pose toujours des questions sur les obligations que tu te trouves régulièrement.

— Mais pourquoi. Il n'y a pas de raison.

— Hum ! Ton passé ne plaide pas forcément en ta faveur. Tu as quand même quitté Clarisse deux fois pour une fille. On m'a même dit que c'était la même qui, furieuse de ta rupture, t'a manipulé la deuxième fois.

— Calomnie, tout simplement. Tu peux demander aux membres de ma famille, tu verras bien.

— Sont-ils vraiment fiables ? Je crois plutôt qu'ils te couvrent systématiquement parce qu'ils croient, sans jamais se poser la moindre question, que tu dis toujours la vérité quelles que soient les circonstances. On m'a d'ailleurs rapporté que quand tu as abandonné Clarisse et les enfants la première fois, en prétendant que ce n'était pas pour une fille, une de tes tantes quand elle a su la vérité a dit : « quand je pense qu'il m'a assuré qu'il n'est pas parti pour une femme ! »

Comme souvent dans ces circonstances, une bonne âme met Félicie au courant de sa liaison avec Joséphine. Elle n'est pas tellement surprise puisqu'elle connaissait son comportement volage, au moins en partie.

Elle flanque donc Tanguy à la porte sans ménagement en lui reprochant vigoureusement d'avoir menti et, de plus, persévéré dans son déni de fréquentation d'une autre femme.

À partir du lycée, les enfants ont préféré être pensionnaires. Ils ne se sentaient pas bien dans le ménage qu'il formait alors avec sa compagne et ses enfants, avant la séparation.

Ils ont terminé leurs études de bon niveau et trouvé du travail sans difficulté notable.

Alors, très rapidement ils ont coupé les ponts avec leur père. Ils justifient leur position d'une part en raison du fait qu'ils ont été dépités par la façon dont il a géré leurs biens pendant la période de tutelle. En effet, ils ont découvert qu'il a régulièrement prélevé des sommes sur leurs comptes, sans jamais les rembourser. Il s'agissait de sommes relativement modestes, mais, ils ont jugé ce comportement intolérable. D'autre part, ils se disent fort déçus par son incorrigible autocentrisme sur sa petite personne.

Il se retrouve donc seul dans cet hôtel des Alpes de Haute Provence.

Après avoir passé un peu sa vie en revue, il ne s'estime pas malheureux.

Évidemment, il a trouvé des périodes de sa vie pendant lesquelles il a fait des choses dont il peut légitimement se montrer satisfait. Entre autres, quelques rares réussites au travail, des succès en compétitions de ski amateurs. Mais, au total, pas grand-chose.

En revanche, des époques ont été médiocres, notamment en raison de nombreuses périodes de chômage.

Il regrette que ses enfants se soient éloignés de lui mais il ne comprend pas vraiment pourquoi. En fait, il s'étonne de leur comportement, peut-être plus qu'il ne le regrette.

L'idée qu'il ait pu infliger à ses enfants des souffrances dont il se plaignait d'en avoir connu de semblables l'effleure mais il ne s'attarde pas là-dessus.

Comme toujours, son égoïsme l'empêche de se rendre compte du mal qu'il a pu faire à de nombreuses personnes, en particulier à sa famille et à ses proches.

Il ne réalise pas qu'il a eu des comportements un peu semblables à ceux du héros du fameux roman de R.L. STEVENSON, Dr JEKYLL et Mr HYDE, médecin exemplaire le jour et assassin la nuit. En effet il sait se montrer agréable, voire enjôleur, et plein d'empathie mais être par ailleurs menteur, manipulateur, totalement inconscient du mal qu'il inflige aux autres. Comme JANUS, il a deux visages, l'un sympathique et séduisant, l'autre celui d'un pourri.

Hélas, il continue.

Il vient de changer à nouveau de compagne.

Au total, il est satisfait de lui et ne regrette pas ses comportements passés.

Il n'a toujours pas d'états d'âme.